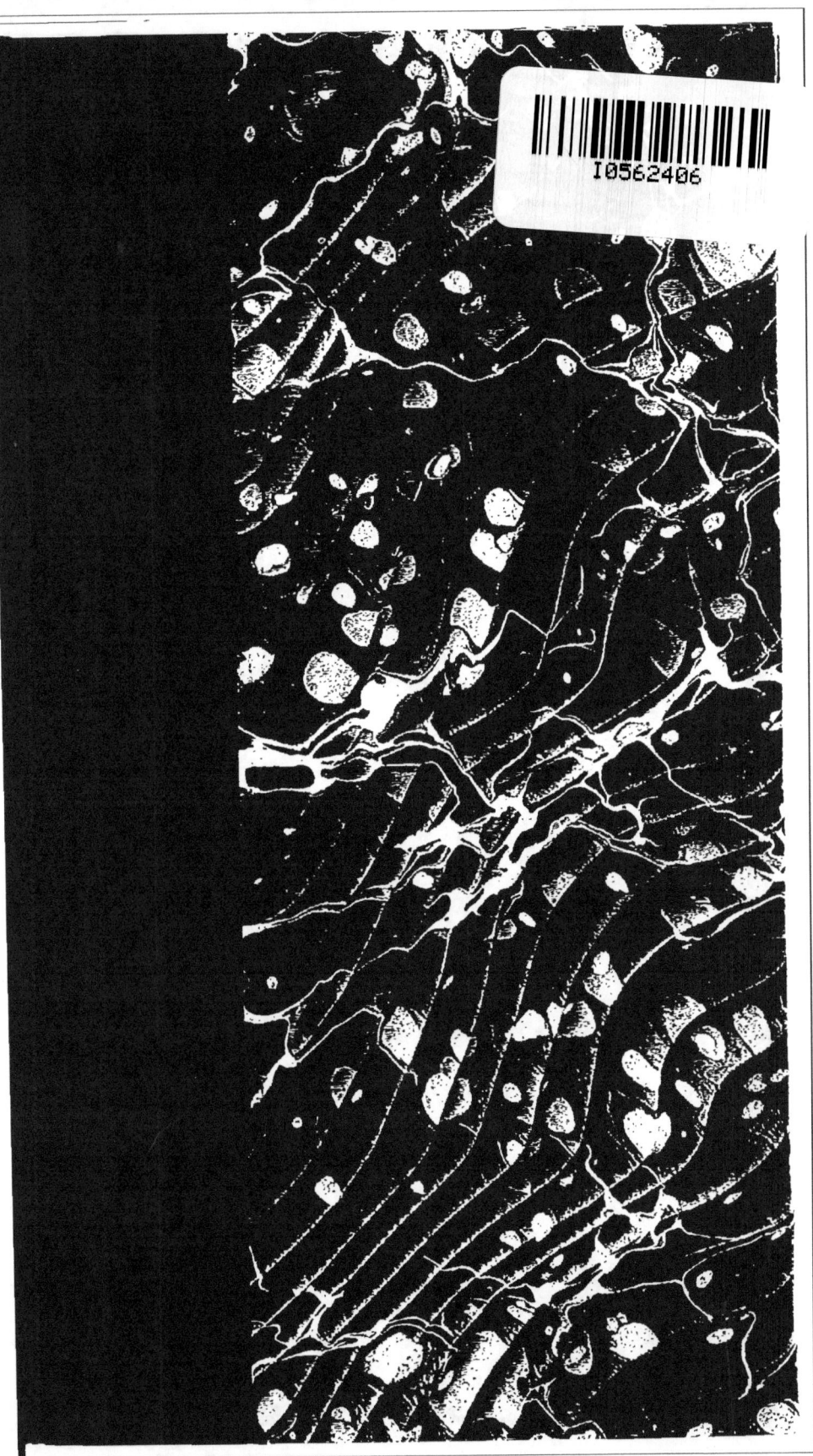

LE BANDIT

SANS LE VOULOIR

ET

SANS LE SAVOIR.

TOME I.

Ouvrages nouvellement mis en vente chez le même Libraire.

Les Jeux, Caprices et Bizarreries de la nature, par Dorvigny, 3 vol. in-12.   6 l.

Entre Chien et Loup, 2 vol. in-12.   4 l.

Les Nouveaux Savans de Société, ou Recueil complet de tous les Jeux familiers, physiques et mathématiques. Seconde édition, augmentée des règles des Jeux de dames, de domino, de trictrac, et du poëme de M. Cérutti sur les échecs ; suivi des règles du Boston et de la Bouillotte, et d'un petit Traité de la Natation ; ouvrage dédié aux personnes de tout sexe et de tout âge, qui veulent se récréer, 2 vol. in-12, ornés de douze figures.   6 l.

Le Cultivateur de la Louisiane, roman historique, par M. Lamartelière, auteur des Trois Gilblas, 4 vol. in-12.   7 l. 10

Mon oncle Thomas, par Pigault-Labrun, nouvelle édition, 4 vol. in-12, ornés de figures.   7 l. 10

Amour et Scrupule, par Madame ***, 4 vol. in-12.   8 l.

Revue des Comédiens, ou Critique raisonnée de tous les Acteurs, Danseurs et Mimes de la capitale ; par M. . . . vieux Comédiens, et par l'aut. de la Lorgnette des spectacle, 2 vol. in-18.   3 l. 12

LE BANDIT

SANS LE VOULOIR

ET

SANS LE SAVOIR,

Par J. G. CUVELIER,
Auteur de la *Fille Hussard*, et de
plusieurs autres romans.

TOME PREMIER.

PARIS.

Barba, Libraire, Palais-Royal, derrière
le théâtre Français, r°. 51.
1809.

LE BANDIT

SANS LE VOULOIR

ET SANS LE SAVOIR.

CHAPITRE PREMIER.

*Quelques personnages de cette his-
toire sont mis en scène.*

«Oui, mon cher ministre , le cœur
» de l'homme est un vaste champ qui
» a besoin d'être cultivé par une main
» habile : l'enfance se modèle sans le
» savoir sur les personnes et les choses
» qui l'environnent; l'adolescence ar-
» rive-t-elle avec toutes ses passions?

*I. ** 1

» Les impressions du dehors sont en-
» core plus puissantes : l'âge mûr
» même ne peut s'en garantir ; et que
» devient plus tard la vieillesse qui ne
» pense que par le passé ? Avez-vous
» jamais vu un vieux chêne courbé se
» redresser ?

» Votre systême, monsieur le comte,
» ne conviendrait pas à certains sa-
» vans qui s'imaginent que nous nais-
» sons essentiellement bons ou mé-
» chans.

» Les hommes , mon cher pasteur ,
» naissent sans doute avec des dispo-
» sitions plus ou moins prononcées
» pour le bien ou pour le mal ; c'est
» à l'éducation d'améliorer les unes ,
» et de corriger les autres. Les arbres
» changent de nature quand on les a

» greffés : ont-ils un fruit trop fade ?
» on lui donne de la saveur ; est-il
» amer ? on l'adoucit : quand on les
» abandonne , ils dégénèrent. Mettez
» Cartouche à l'école de Socrate, vous
» aurez un sage ; faites naître Marc-
» Aurèle dans la caverne de Fra-
» Diavolo (*), il ne sera qu'un bri-
» gand.

» Monsieur le comte, il y aurait
» beaucoup de choses à dire sur ce
» sujet. Mais, ô ciel ! d'où viennent
» ces cris ? c'est la voix de ma fille ,
» et celle d'Adolphe !..... Les cris re-
» doublent . . . . Grand dieu ! serait-il
» arrivé quelque malheur à nos en-
» fans ! »

Fameux brigand.

En disant ces mots, le pasteur, fortement ému, s'élance et veut courir vers l'endroit où il croit trouver sa fille chérie.

« Eh quoi ! Gutman, dit le vieux
» comte d'Eisendorf, en le retenant par
» le pan de son habit, voulez-vous me
» laisser là dans la plus cruelle incerti-
» tude ? Donnez-moi le bras ; je veux
» vous suivre dans le parc, quoiqu'il
» soit un peu loin pour mes jambes
» goutteuses. » Et les voilà tous deux en marche.

Cependant un silence effrayant a succédé aux cris de désespoir qu'ils ont entendus. Le vieux comte d'Eisendorf se presse autant que son âge et ses infirmités peuvent le permettre ; le pasteur Gutman le soutient et fait tout ce qu'il peut pour hâter la marche

trop lente du vieillard. Ils arrivent
enfin à la vue d'une vaste pièce d'eau
qui embellit le parc d'Eisendorf : quel
spectacle affreux frappe leurs regards!
la jeune Ernestine, pâle et mourante,
est étendue sur le gazon ; l'intéressant
Adolphe, dont les vêtemens sont im-
prégnés d'eau et couverts d'herbes
aquatiques, lui prodigue les soins
les plus touchans pour la rappeler
à la vie. A ce tableau, le pasteur,
n'écoutant que la voix impérieuse de
la nature, a quitté brusquement son
ami ; dans une minute il est auprès de
sa fille. « Ernestine, ma fille ! ô mal-
» heur épouvantable ! qui me rendra
» ma fille? O mon dieu, si mon Ernes-
» tine n'est plus, prenez aussi ma vie.
» Je l'ai arrachée des flots, dit Adol-
» phe, les yeux égarés et respirant à

» peine. Console-toi , mon père, elle
» vivra ; le ciel voudrait il ravir au
» monde son plus bel ornement ? Son
» cœur ne bat plus, reprend Gutman ,
» aussi pâle que sa fille ; le dernier
» souffle s'est échappé avec son âme.
» Non, non, crie Adolphe, je sens un
» léger battement ; sa douce haleine
» est parvenue jusqu'à moi ; Ernes-
» tine nous est rendue. »

Effectivement la belle Ernestine
commençait à soupirer et à ouvrir les
yeux. Elle voit Adolphe à genoux près
d'elle , il la serre dans ses bras ; les
roses de la pudeur colorent légère-
ment ses joues blanches et inanimées ;
elle aperçoit son père, et sa tête se
cache dans le sein de l'heureux pasteur, dont le cœur bat maintenant
avec une vîtesse qui serait allar-

mante , si la joie faisait beaucoup de victimes.

Le comte d'Eisendorf est enfin arrivé sur le lieu de la scène , fatigué de la course qu'il a faite , et respirant à peine , dans la crainte d'un grand malheur ; il ne peut prononcer que ces mots : « Pauvres enfans ! pau- » vres enfans ! » Il aide Gutman et Adolphe à soutenir Ernestine ; tous trois la conduisent au château. Quelques cordiaux et un sommeil paisible ont bientôt réparé ses forces, et rendu, aux vœux d'un père et de deux amis, cette fille charmante qui avait failli leur être enlevée pour toujours.

CHAPITRE II.

Description topographique.

Avant d'aller plus loin, il est bon de faire connaître le lieu de la scène.

Au sein de l'antique Allemagne, au pied des montagnes arides qui entourent et défendent les fertiles plaines de la Franconie, et non loin de cette chaîne de forêts épaisses et sombres, appelée le *Schwartz Wald*, dont les arbres, aussi âgés que le monde, ombrageaient, il y a deux mille ans, les mystères sanglans des Druides, il existe un pays délicieux qu'on nomme le Wurtemberg, et qu'à juste titre on pourrait surnommer l'Eden de la Germanie. C'est là que la nature se plaît à étaler le luxe et la richesse de ses productions ; là , vous verriez tout à la fois les moissons dorées ondoyer dans la plaine, la vigne grimper et mûrir le long des côteaux rapides ; Flore , semer partout les dons de sa corbeille odorante ; Pomone , charger de ses fruits l'arbre dont les branches, penchées vers la terre, semblent appeler le voyageur pressé de la soif ; les nayades, baigner de leurs ondes limpides le pied des troupeaux nombreux qui foulent la grasse prairie ; le cerf orgueilleux et le daim léger , voltiger sur le penchant des colines , tandis que le lièvre timide, effrayé du bruit de leurs courses, s'élance dans les guerêts , court , s'arrête, lève ses longues oreilles, écoute , et soudain, court de nouveau se blottir dans un sillon éloigné ,

1 *

qu'il juge inabordable. Là, vous trou-
veriez, sous un ciel pur et une tempé-
rature modérée, à côté du ruisseau
dont le saule romantique ombrage le
cours, le bosquet mystérieux qui se ta-
pisse du chevrefeuille parfumé; auprès
de la forêt de pins dont l'ombre solitaire invite à la mélancolie, la plaine
riante qui convoque la joie et l'abon-
dance, et sous le rocher pendant au
sommet de la colline, et festonné de
pampres, qui répercute les sons adou-
cis du chalumeau ; la danse bruyante
des enfans de Cérès, dont les pas
lourds font retentir le sol qu'ils viennent de dépouiller.

C'est au milieu de ce pays enchan-
teur que l'œil peut découvrir une
vallée qui, dans un espace de quatre
à cinq milles, retrace, comme dans

une miniature fidèle , toutes les beautés et les richesses que nous venons de
décrire ; ce paradis , inscrit dans un
autre paradis, est environné de montagnes qui semblent en défendre l'entrée, aux profanes. Du haut de ces
montagnes , on aperçoit au nord la
populeuse Franconie , et à l'ouest , le
margraviat de Bade et la forêt Noire
(Schwartz Wald).

C'est au milieu de cette vallée romantique que l'on distingue le bourg
d'Eisendorf. Il est partagé par un large
ruisseau qui s'échappe en torrent du
côté méridional des monts, tombe
écumeux dans un vaste bassin , et se
divisant en mille canaux, serpente à
travers une prairie et vient se réunir
sous des touffes d'osier dans un canal

naturel qui embellit et féconde ce charmant endroit.

Le ruisseau, après s'être lentement promené dans la plaine, qu'il semble ne point vouloir quitter, traverse une arcade formée par d'antiques sapins, dont les branches épaisses, se courbant à son passage, se désaltèrent de son onde régénératrice; il s'égare auprès du presbitère, dans un jardin simple, mais commode par sa distribution, s'échappe à regret de ce lieu habité par la piété et l'innocence, côtoie un joli hameau, met en activité des forges et des usines, et, précipitant son cours, s'engloutit dans les fossés du vieux château d'Eisendorf, qui termine la vue au septentrion; enfin se perd tout-à-coup dans les montagnes qui

dominent le château , placé en quelque sorte en cet endroit pour annoncer
que là se terminent avec la vallée les
mœurs de l'âge d'or , et que plus
loin, sur cette route qui conduit au
Schwartz Wald , commence l'âge de
fer.

O ruisseau ! dont j'ai étudié les leçons ! ton cours est l'image de la vie
humaine ; comme toi nous naissons
je ne sais pourquoi ? Des jeux variés
amusent notre enfance , bientôt nos
moyens se réunissent ; nous marchons,
je ne sais comment, et nos efforts multipliés agitent les roues du travail ;
une minute l'amour et l'amitié viennent embellir notre existence, et quand
nous croyons saisir le bonheur , pous-
sés par une puissance inconnue qui
ne nous laisse pas libres de retarder

ou de diriger notre course, nous nous engloutissons dans le gouffre inévitable pour arriver je ne sais où ?...

~~~~~~

CHAPITRE III.

Portraits et épisode essentiel à l'intelligence de l'action.

Revenons à notre action. C'était un dimanche. Le ministre Gutman, après avoir prononcé, dans le lieu saint, son instruction pastorale, s'était rendu au château avec sa fille Ernestine et Adolphe, son enfant d'adoption, pour visiter le brave et digne seigneur, qui, depuis longues années, gouvernait avec sagesse le domaine d'Eisendorf. Gutman, Eisendorf, comme ces deux noms étaient prononcés avec vénération par tous les habitans de ces contrées ! comme ces deux hommes respectables, unis par

la vertu la plus touchante , avaient
mérité l'estime , l'affection et la reconnaissance de ceux qui avaient le
bonheur de les connaître !... Aussi
étaient-ils bénis , non-seulement des
villages et hameaux environnans, mais
encore de tous les honnêtes gens du
duché de Wurtemberg !

Le ministre Gutman, âgé d'environ
cinquante ans , portait sur son visage
le calme d'une conscience sans remords et d'une âme toujours pure.
Le comte d'Eisendorf , courbé par
les fatigues de la guerre , plutôt que
par le poids des ans, offrait , sous
des cheveux blanchis, avec un corps
un peu cassé, une figure noble, plutôt
embellie que défigurée par une hono-
rable cicatrice. Le premier , toujours
égal ainsi qu'une onde paisible qui

ne réfléchit que des fleurs, n'avait
connu le malheur qu'en se voyant
privé de son épouse, qui avait perdu
le jour en le donnant à Ernestine sa
fille unique ; le second, quelquefois
vif et emporté, mais toujours généreux et bon, présentait l'image d'une
mer sans vagues après une longue
tempête. Si le pasteur n'avait pas été
exposé aux orages de la vie, le comte
les avait traversé tous, non sans
dangers, et tous deux étaient parvenus au port de la sagesse, quoique par deux routes bien différentes.

Ernestine, fille du pasteur, avait
seize ans : créature douce et d'un caractère angélique, toutes les beautés
de son corps, modelé par les grâces,
ne semblaient être que le reflet des

perfections de son âme. Sa démarche était noble, son air aisé et gracieux ; élevée à l'école de son vertueux père, sa bouche ne s'ouvrait que pour un mot aimable, sa main que pour un bienfait.

Adolphe, orphelin sans avoir jamais connu ses parens, recueilli par la bienfaisance, était entré dans la famille du pasteur par un événement extraordinaire que nous allons rapporter.

Dans la première année de l'établissement de Gutman, dans la cure du village d'Eisendorf, à une époque où le comte, aux champs de l'honneur, marchait contre les Turcs sous les drapeaux de l'empereur d'Allemagne, le pasteur, se promenant

un soir avec sa femme sur les bords
fleuris de la petite rivière qui baigne
les murs de son presbitère, aperçut
quelque chose qui flottait sur l'eau,
et qui vint s'arrêter à ses pieds. Il
avance la main pour interroger cet
objet inconnu; il croit reconnaître
un berceau ; un faible cri lui fait
comprendre qu'il renferme un enfant
nouveau né : jugez de sa surprise et
de son émotion. Avec le secours de
sa femme, il emporte ce fardeau pré-
-cieux; arrivés à la maison, le berceau
est ouvert, et laisse voir un petit
garçon charmant qui, par un doux
instinct, sourit à l'épouse du pasteur.
Un billet était auprès de l'enfant ;
Gutman le déploie, et lit ces mots :
*La pitié recommande ce dépôt à
l'humanité.* Il n'en fallait pas da-

vantage pour déterminer l'âme bien-
faisante de madame Gutman, en tout
semblable à son époux par ses excellentes qualités. « Mon ami, dit-elle,
» c'est Dieu qui nous l'envoie, il ne
» faut pas refuser les présens de Dieu;
» nous n'avons pas d'enfans (Ernestine
» n'était pas encore née), ce sera no-
» tre fils. — Ne dis plus, ma femme,
» que nous n'avons pas d'enfans; en
» voici un, c'est un gage de la protec-
» tion céleste ; elle favorisera avant
» peu notre union, et nous serons
» bénis dans nos descendans pour le
» bien que nous aurons fait à cette
» créature abandonnée : car celui
» qui voit et juge tout, ne laisse ja-
» mais une bonne action sans récom-
» pense. »

L'enfant fut adopté sur-le-champ,

et trouva un père et une nère : l reçut le nom d'Adolphe. Au bout de dix-huit mois la prédiction du bon Gutman s'accomplit, et il vit naître Ernestine, qui, malheureusement, fut privée en naissant des soins de sa mère, comme nous l'avons dit plus haut.

Il faut ajouter que le comte d'Eisendorf, de retour de la guerre, voulut participer à cet acte d'humanité, en établissant, sur la tête du petit Adolphe, une rente suffisante pour servir à son entretien. Depuis ce temps, Adolphe eut deux pères au lieu d'un.

A l'époque à laquelle nous sommes parvenus, en commençant le récit de ces aventures, Adolphe, qui avait parfaitement répondu à tous les soins

qu'on avait pris pour former son esprit et son cœur, venait d'atteindre
sa dix-huitième année. Sans être beau,
il avait ce je ne sais quoi qui plaît et qui
attire ; il était difficile qu'une femme
regardât long-temps, sans émotion, ses
yeux bruns, brillans et humides; et
toute l'habitude de son corps annonçait de la force, du courage et de la
souplesse. On concevra sans peine
qu'élevé dès la plus tendre enfance
avec la jolie Ernestine, il n'avait pu,
témoin insensible de tant de vertus et
de graces, ne pas l'estimer, l'admirer
et l'adorer. Ernestine, de son côté,
rendait justice aux excellentes qualités
d'Adolphe. Quelques fussent ces sentimens réciproques, tous deux étaient
tellement sans tache, qu'ils ne soup-
çonnaient pas encore le caractère réel

de la sympathie invincible qui les portait l'un vers l'autre, et ils se caressaient mutuellement du nom de frère et de sœur sans prévoir que ces deux noms innocens en cachaient deux autres plus doux encore, mais aussi plus dangereux.

Le digne pasteur, accoutumé à voir cette amitié d'enfance, n'avait jamais songé que l'âge, en développant ses deux élèves, devait nécessairement la changer de nature ; mais le comte, dont le coup-d'œil était plus exercé par l'expérience, suivait avec intérêt, dans le silence, les progrès d'un sentiment qui devait tôt ou tard, selon lui, faire le bonheur de ces deux intéressantes créatures.

Après avoir exquissé à la hâte les principaux traits de nos personnages, il faut en revenir à l'événement qui avait jeté l'allarme dans cette intéressante famille.

CHAPITRE

CHAPITRE IV.

Détails sur l'aventure du premier chapitre. — Apparition d'un nouveau personnage qui doit influer beaucoup sur les événemens.

APRÈS dîner, le comte et le ministre étaient descendus au jardin pour jouir d'une belle soirée d'automne, et continuer une conversation sur le perfectionnement de l'éducation des villageois.

Lorsque ces deux êtres vertueux n'avaient pas l'occasion d'obliger leurs semblables, ils s'occupaient du moins des moyens de les rendre meilleurs et plus heureux.

Adolphe et Ernestine, suivant leur

I.   2

usage, laissaient causer leurs respectables protecteurs, et se faisaient une innocente récréation de la botanique, qui
leur procurait à la fois un exercice salu-
taire, et le plaisir d'être loués par leurs
vieux amis, quand ils revenaient déposer dans leurs mains le produit des richesses d'un sol généreux.

Ce jour là ils étaient sortis par une petite porte du jardin, et s'étaient enfon-
cés jusqu'au milieu du parc qui séparait
le château des premières habitations du
village. En cet endroit était une vaste
pièce d'eau très-poissonneuse, sur laquelle on voyait flotter une petite barque préparée pour la promenade et la
pêche.

Nos deux jeunes botanistes commençaient à herboriser à l'entour du bassin,

mais Ernestine, jetant les yeux au fond de la pièce d'eau, ombragée, dans cette direction, par un bois touffu, croit apercevoir, parmi les joncs et les mousses, une espèce de *lotus* qui fixe toute son attention.

Ernestine voudrait recueillir cette nouvelle plante qui a frappé ses yeux pour la première fois ; Adolphe pense qu'il est difficile de parvenir jusques-là, et que le bateau ne pourra pénétrer à travers une forêt d'herbes qui obstruent le passage : « On les écar- » tera. Il y a peut-être du danger pour » Ernestine ?—Son frère ne sera-il pas » auprès d'elle ? — Si la barque allait » chavirer? Adolphe la dirigera.—Si le » pasteur savait à quels périls sa fille » s'expose?—Il n'en saura rien. Il se fâ- » cherait contre son fils.—On l'appai-

» serait avec un sourire.—Enfin il faut
» beaucoup de peine et de travail pour
» pousser la barque jusqu'au fond de
» la pièce d'eau ; Adolphe seul avec
» l'aide d'une simple gaffe pourra-t-
» il en venir à bout?—Sans doute, un
» baiser sera sa récompense. »

On ne peut résister à une promesse
aussi douce.

Les deux jeunes gens sont dans la
barque; elle vogue lentement, la
gaffe s'enfonce dans la vase et trouve
difficilement un point d'appui : Adolphe ne perd pas courage, quelques
mots d'amitié lui font oublier beaucoup de fatigues; il aborde non loin
de la plante désirée; léger comme
zéphire, il prend le baiser promis
avant qu'on ait pu le refuser; il
s'élance sur la rive et appuyant sur

le bateau le bout recourbé de la gaffe, il veut le tirer au bord de l'eau afin de faciliter la descente de sa petite sœur.

Tout à coup un homme sort du plus épais du bois, renverse Adolphe et saute dans le bateau : Ernestine pousse un cri en reconnaissant le sombre Brunstbar, maître des forges du village d'Eisendorf, qui, depuis long-temps, la fatigue par les déclarations de son odieux amour; elle veut s'échapper, il n'est plus temps ; l'impulsion est donnée à la barque, déjà elle est loin du bord.

« Mademoiselle, dit Brunstbár avec un sourire effrayant, « vous avez » donné un baiser à votre premier » conducteur, vous ne serez sans

» doute pas plus cruelle envers le
» second. — Laissez-moi, Monsieur.
» — Un seul baiser. — Non, non...»

Brunstbar s'efforce de ravir la faveur qu'on ne veut pas lui accorder, Ernestine se débat, et dans cette lutte tous deux tombent dans l'eau.

Adolphe étourdi de sa chûte et de l'apparition soudaine du maître des forges, qui ne lui avait pas laissé le temps de se reconnaître, revient à lui : apercevoir le danger de sa belle amie, voler à son secours, la saisir d'un bras vigoureux, et l'amener à terre , ce fut l'affaire d'un moment.

Brunstbar, frémissant de rage, avait trouvé pied à l'endroit où il était tombé, il s'était débarrassé

avec peine des joncs et des lianes,
et, couvert de boue et de honte, il
était allé cacher dans le bois sa mésa-
venture, lorsqu'il vit arriver le bon
ministre, et bientôt après le vieux
seigneur.

Dans la crainte d'être découvert,
il avait gagné son habitation, poursuivi par les huées des enfans du
village, et par le rire moqueur de
tous les habitans, rassemblés en ce
moment, pour la solemnité du dimanche, sur la place qu'il fallait
traverser pour arriver aux forges;
mais il avait juré dans son âme de
tirer de tout ceci une vengeance
éclatante,

CHAPITRE V.

Dans lequel on trouvera quelques notions importantes sur l'homme dont il vient d'être question.

Il est bon de connaître un peu mieux le personnage qui est apparu d'une manière si extraordinaire dans le chapitre précédent; il joue un trop grand rôle dans l'histoire des malheurs d'Ernestine, pour ne pas rendre nécessaire quelques détails sur sa personne et sur son caractère.

Hantz, père de Brunstbar, était parvenu de l'état de simple forgeron à celui de maître des forges d'Eisendorf, qu'il devait à la protection du comte : un long travail et sa probité

lui avait donné les moyens d'amas-
ser une fortune proportionnée à l'im-
portance des établissemens qu'il diri-
geait.

Le bonhomme Hantz était honoré
de l'amitié du pasteur Gutman et de
celle du comte d'Eisendorf, et nous
devons dire qu'il la méritait. C'était
dans le sein de ses deux nobles amis
qu'il venait chaque jour verser ses
chagrins, causés par l'inconduite de
son fils unique. En effet, le jeune
Brunstbar déployait en grandissant
des vices qu'on n'aurait jamais soup-
çonnés dans le fils d'un si vertueux
père.

A peine avait-il vingt ans, et déjà il
était l'épouventail du hameau; les insti-
tuteurs le citaient à leurs élèves comme
un exemple à fuir, les mères cachaient

2 *

leurs filles à son aspect. Chef avoué des jeunes gens les plus étourdis et les plus libertins du canton, il les avait organisés en société secrète, dont les réunions ne se faisaient que pour entendre prêcher la morale la plus dépravée, et dont le but bien connu était de mettre en action les principes détestables qu'ils professaient sans honte et sans remords.

*Une semblable réunion ne tarda pas à éveiller l'attention du magistrat.

Dans le même temps, le feu prit à une maison du village d'Eisendorf, une jeune fille, nommée Henriette, fut enlevée à la faveur du tumulte occasionné par l'incendie.

On ne tarda pas à soupçonner les véritables auteurs de ce double délit.

Le jeune Brunstbar disparut du pays, et la société des *cœurs ardens* (c'est ainsi qu'on nommait l'association secrète) se trouva dissoute , ou plûtôt dispersée.

Aussi long-temps que l'audacieux Brunstbar resta loin du village , le calme et le bonheur embellirent la vie de ses heureux habitans.

Au bout de dix ans, il reparut sans que jamais on ait pu découvrir la retraite qui l'avait caché à tous les yeux pendant une espace de temps aussi considérable. L'inquiétude et la défiance revinrent avec lui dans le hameau.

Que pouvaient faire les hommes choisis pour veiller à la sûreté générale et particulière ? On n'avait plus entendu parler de la jeune fille enlevée, il n'existait aucune preuve contre Brunstbar relativement à l'incendie, sa disparition avait dû sans doute faire naître le soupçon, mais ce fait isolé ne suffisait pas pour le convaincre. Brunstbar était devenu un homme depuis cet événement, (il avait trente ans alors,) il comptait comme citoyen, et pour condamner un citoyen, les lois sages de tous les pays civilisés veulent des preuves plus claires que le jour.

On se contenta de le craindre et de le surveiller.

Ce fut peu d'années après son retour, qu'un nouvel événement vint glacer d'effroi les habitans d'Eisendorf, quand ils apprirent que le bon vieillard Hantz était mort subitement, et que son fils Brunstbar, héritier de ses grands biens, venait de rassembler, dans ses forges, la plupart de ses anciens camarades de débauche.

Quelques-uns soupçonnèrent même que la mort de Hantz pouvait bien ne pas être naturelle; le pasteur et le comte ne communiquèrent jamais à personne leur opinion sur ce sujet délicat, mais depuis ils conservèrent une douleur profonde au souvenir de ce fatal événement.

Brunstbar, possesseur paisible des forges de fer d'Eisendorf, avec toutes les usines, dans lesquelles plus de quatre cents ouvriers étaient journellement occupés, jouissant en outre d'un patrimoine considérable, était devenu le personnage le plus important du canton après M. le comte : si le second régnait dans le village par

le respect attaché à son titre, et surtout par l'empire des vertus et des
bienfaits, le premier trouvait moyen
de balancer son pouvoir, par son or,
la quantité de bras qu'il employait, et
plus encore par la crainte qu'il inspirait, jointe à la réputation qu'il
avait acquise de ne jamais pardonner
une offense.

Depuis long-temps Brunstbar avait
remarqué la jeune et belle Ernestine;
quoique le pasteur redoutât ses assi-
duités comme le plus grand malheur
qui put lui arriver, il lui était difficile, pour ne pas dire impossible, de
fermer tout à fait sa maison au principal habitant de la communauté
soumise à sa jurisdiction spirituelle;
mais averti de son caractère par les
événemens passés, il prenait toutes

les précautions imaginables pour empêcher sa fille de devenir la victime
de cet homme dangéreux.

Adolphe, sans être parfaitement
éclairé sur la véritable nature de ses
propres sentimens pour sa jolie sœur,
sentait au fond de son cœur une agi-
tation secrète qui semblait l'avertir, à
la vue de Brunstbar, que cet homme
voulait lui ravir le bonheur de son
existence ; quant à Ernestine, elle ne
pouvait envisager cet étrange adora-
teur qu'avec un sentiment d'horreur,
né de l'opinion générale, qui flétris-
sait sa conduite et augmenté chaque
jour par ses prévenances qui lui
étaient insupportables.

Il est certain que l'âme de Brunstbar était si bien empreinte sur sa figure, que tout était repoussant en

lui, jusqu'à son sourire naturellement
sardonique, lors même qu'il indiquait
une satisfaction réelle ; et si un démon
avait voulu prendre une figure humaine pour paraître sur la terre avec
sa difformité ; certes, il lui eut été difficile d'en choisir une autre que celle
du maître des forges.

Aimable demoiselle, qui avez eu
l'indulgence de me lire jusqu'à ce
moment, détournez les yeux, le por-
trait que je vais tracer effaroucherait
les graces.

Quant à vous, madame, qui avez
considéré sans frémir le tableau du
juge prévaricateur, haletant sous le
scalpel qui le déchire, approchez et
figurez-vous une tête au-dessus des
proportions, couverte de cheveux
crépus et noirs, un front bas, sillonné

de rides profondes, que la main du temps n'a pas gravées ; des yeux vifs comme ceux du tigre qui cherche sa proie, ensevelis dans un petit orbite sous deux sourcils épais qui se réunissent pour menacer ; un nez très-gros, une grande bouche exhalant une odeur cadavéreuse, un corps déjà voûté, soutenu par deux jambes formant en-dehors une portion de cercle qui annonce à la fois la force et la pesanteur, et vous connaîtrez, aussi bien que moi, l'homme qui voulait ravir un baiser à la charmante Ernestine, et le rival du jeune et élégant Adolphe.

~~~~~~~~~~~~~~~~~~~~~~~~~~~~~~~~~

CHAPITRE VI.

Une visite. — Une demande.

Adolphe et Ernestine avait eu la
prudence d'attribuer au hasard seul
l'événement de là pièce d'eau , et de
ne pas désigner Brunstbar comme
l'auteur de cet accident, dans la crainte
que l'herborisation et les promenades
champêtres leur fussent interdites par
la suite ; il y a plus , calculant d'après
la pureté de leur cœur , ils avaient es-
péré que cette petite aventure ren-
drait le maître des forges un peu plus
circonspect ; qu'il se garderait bien de
publier sa honte en la dévoilant à qui
que ce fut , et peut-être qu'il n'oserait
reparaître avant long-temps dans la

maison de ceux qu'il avait voulu ou-
trager.

D'après ce calcul, on imaginera
aisément leur commune surprise lorsque, le lendemain, ils virent paraître
cet homme dangéreux ; les saluant
avec ce sourire que j'ai décrit, et
qui semblait leur annoncer un nouveau malheur, il demanda et obtint
du ministre Gutman un entretien secret.

Durant la conversation suivante, qui
eut lieu dans le cabinet du pasteur ,
les deux jeunes gens restèrent conster-
nés dans le salon, sans oser se communiquer les pensées qui les agitaient
tour-à-tour.

BRUNSTBAR, *toujours brusque.*

Vous êtes étonné de ma visite ,
monsieur le pasteur ; je le vois.

GUTMAN.

Monsieur, certainement.... votre visite...

BRUNSTBAR.

Vous déplaît , soyez franc. *(Après un silence et un regard interrogateur.)* On ne m'aime pas dans ce village ?...

GUTMAN.

Qui peut vous faire croire ?...

BRUNSTBAR.

Vous-même vous ne m'aimez point, pasteur...

GUTMAN.

Je ne dis pas...

BRUNSTBAR.

La vérité. Eh bien , moi , je vous aime.

GUTMAN.

C'est beaucoup d'honneur.

BRUNSTBAR.

Je vous respecte.

GUTMAN.

Comme le ministre chargé par le ciel de vous diriger.

BRUNSTBAR.

Comme un père.

GUTMAN, *avec un soupir*.

Je fus l'ami du vôtre, monsieur.

BRUNSTBAR, *brusquement*.

Ne parlons pas de celui qui n'est plus. *(D'un ton plus radouci.)* Vous avez une fille charmante.

GUTMAN.

Vous la voyez avec indulgence.

BRUNSTBAR.

Du tout. J'ai un petit tort à réparer envers Ernestine. Cet accident qui aurait pu lui être si funeste, ce n'était vraiment pas ma faute.

GUTMAN, *allarmé.*

De quelle faute parlez-vous, monsieur, et de quel accident?

Brunstbar se mord les lèvres, en s'apercevant que le ministre ne sait rien; bientôt il reprend son audace accoutumée.

BRUNSTBAR.

Puisque la belle Ernestine n'a rien dit, je respecterai les motifs de son silence, dictés par sa belle âme.

GUTMAN.

Je ne devine pas.

BRUNSTBAR, *l'interrompant avec feu.*

Quoi! monsieur le pasteur, vous ne devinez pas que je l'adore, et que je viens mettre à ses pieds ma fortune et mon cœur.

GUTMAN, *après un moment de surprise.*

Peut-être faudrait-il d'abord interroger le sien.

BRUNSTBAR.

Il n'a point parlé encore ?

GUTMAN.

Je le crois.

BRUNSTBAR.

J'en suis certain. *(Un sourire ironique accompagne ces mots.)* L'habitude seule de l'enfance aura fait naître, en faveur du petit bâtard que votre charité a recueilli, cet attachement que l'on pourrait, avec moins d'indulgence, prendre pour de l'amour.

GUTMAN.

Monsieur, vous outragez ma fille.

BRUNSTBAR.

Entendez-moi bien : j'ai dit ce que je pense ; mais je ne redoute pas cet attachement, parce que je connais la vertu d'Ernestine. Voici donc mes projets. J'épouse votre fille ; j'envoie votre fils adoptif à la tête d'une de mes forges en Bohême. Il y prépare sa fortune ; moi, je fais la vôtre. Oui, monsieur le pasteur, la cure d'Efinbach, qui vaut six mille écus, vous attend, et j'assure après moi à ma femme la propriété de tous mes revenus, soit que le hasard nous refuse ou nous accorde des enfans. Cela vous convient-il ?

GUTMAN.

Je sais parfaitement apprécier le sentiment qui dicte des conditions

aussi

aussi avantageuses pour ma famille.

BRUNSTBAR, *se levant.*

Fort bien. Tout est donc fini ?

GUTMAN.

Un moment. Je vous prie de m'écouter à votre tour.

BRUNSTBAR, *se rasseyant.*

Volontiers, monsieur.

GUTMAN.

En acceptant de mon noble ami, le
comte d'Eisendorf, la direction de
cette église, j'ai consacré ma vie entière à cet homme respectable et aux
habitans de ses domaines ; je ne man-
querai pas à mon serment.

BRUNSTBAR.

Eh bien, soit. Mais l'époux de votre
fille peut doubler les produits de votre cure.

I.   3

GUTMAN.

Ils me suffisent, monsieur, puis-que, graces à monsieur le comte, il n'y a plus de pauvres dans ce canton.

BRUNSTBAR.

Pasteur, vous n'êtes pas un homme comme les autres?

GUTMAN.

Tant pis pour les autres. Quant à mon fils Adolphe, il m'obéira si je lui commande de s'éloigner de cette maison ; mais attaché à moi par les liens de la reconnaissance, il préférera toujours rester près de son vieil ami, et les dons de la fortune ne sauraient tenter un caractère comme le sien.

BRUNSTBAR, *couvrant ses yeux de ses noirs sourcils.*

C'est donc un *Bias* que cet Adolphe ?

GUTMAN.

C'est un honnête homme. Pour en revenir à votre proposition, ma fille dépend peut être plus de notre bienfaiteur, le comte d'Eisendorf, que de moi-même, et je suis forcé de vous avouer que depuis sa plus tendre enfance, monsieur le comte m'a fait l'honneur de disposer de sa main.

BRUNSTBAR, *rougissant de colère*.

Nommez celui qu'il lui destine.

GUTMAN.

Ce n'est pas mon secret.

BRUNSTBAR.

Et votre Ernestine consent...

GUTMAN.

Elle ignore les intentions de notre protecteur.

BRUNSTBAR, *se levant*.

Vous m'en donnez votre parole d'honneur, monsieur le ministre ?

GUTMAN.

Je n'en ai point d'autres.

BRUNSTBAR , *cherchant à adoucir son*
ton et sa figure.

A la bonne heure. Monsieur , cette
affaire n'est pas encore conclue. Vous
me permettrez, n'est-ce pas, de présenter de temps en temps mes respects à
mademoiselle Ernestine?

GUTMAN.

Je crois qu'elle les méritera toujours.

BRUNSTBAR.

Bon, bon. Donnez-moi votre main,
pasteur. Je deviendrai votre gendre ,
j'espère , malgré tous les obstacles ,
et vous-même vous trouverez de la
satisfaction à m'accorder votre fille.
Adieu.

Brunstbar sort sans en dire davantage.

Dès qu'il est parti, nos deux jeunes amis courent auprès de Gutman, et ne peuvent lui cacher leur inquiétude. Son sourire bienveillant les rassure ; ces tendres enfans pressent le bon père dans leurs bras caressans, et la douce espérance renaît au fond de leurs cœurs.

CHAPITRE VII.

Aveu. — Promenade nocturne. —
Frayeurs.

Gutman voulut savoir ce que Brunstbar avait prétendu dire en parlant de
l'accident d'Ernestine. Il fallut bien
faire connaître ce qu'on avait voulu
cacher. Il blâma fort les jeunes gens
de lui avoir tû cette circonstance.
« C'est encourager le crime, dit-il,
» que de taire ses entreprises; la pa-
» tience des honnêtes gens fait la force
» des scélérats.

» Voyez donc, mon père, dit Adol-
» phe, placé contre la fenêtre, voyez
» donc ces figures étranges que

» j'aperçois de l'autre côté de la
» place. »

Le pasteur s'approcha de la fenêtre,
et distingua trois cavaliers enveloppés
de leurs manteaux jusqu'à la mousta-
che, et la tête couverte de bonnets à
la Hongroise ; Brunstbar, arrêté près
d'eux, gesticulait avec feu et indiquait
du doigt la maison curiale. Ce dernier les quitta pour prendre un sentier
qui conduisait aux forges, et les trois
cavaliers, après avoir délibéré un moment, mirent leurs chevaux au galop
sur la grande route, et tournèrent
bride du même côté.

Le cœur agité par un funeste pres-
sentiment, le pasteur ordonna à ses
enfans de l'attendre, et s'achemina
vers le château pour faire part au

comte de tout ce qu'il venait d'entendre et de voir.

Adolphe et Ernestine , restés seuls ,
se regardaient sans échanger une parole. Tout ce qui s'était passé depuis
l'aventure du parc, avait soulevé une
partie du voile qui couvrait leurs yeux;
déjà les noms de frère et de sœur ne
leur semblaient plus suffisans pour
exprimer leur amitié , ils n'osaient
encore leur en subtituer d'autres. La
jeune fille du pasteur baissait vers la
terre ses beaux yeux bleus , et ne les
relevait sur Adolphe que lorsqu'elle
croyait n'en être pas examinée; le fils
adoptif baissait aussi ses longues paupières , et les sentait mouillées d'une
larme brûlante.

Tous deux désiraient s'expliquer ,
ni l'un ni l'autre n'avait le courage

de parler le premier ; et dans cet état, leur douce confusion retraçait, en quelque sorte, celle que durent éprouver nos premiers parens, lorsque, dans le jardin terrestre, il eurent gouté le fruit de l'arbre du bien et du mal.

Cette situation devenait trop critique pour être durable.

Déjà la nuit avait tendu ses voiles si favorables aux timides amours. L'obscurité les enhardit ; ils s'approchent, leurs mains se cherchent, elles se touchent ; une étincelle électrique pénètre jusqu'au fond de leurs âmes, Adolphe tombe aux genoux de son Ernestine, le tendre aveu s'échappe, et le serment d'*amour pour la vie* termine cette scène délicieuse.

3 *

Cependant la nuit avait éteint les derniers rayons qui doraient l'occident. Le ministre n'avait pas pour habitude de rester dehors aussi tard; Ernestine devint inquiète. Dans une âme bien née, l'amour n'écarte jamais les droits de la nature.

Adolphe devine la pensée de son amie; il se lève, lui présente le bras, et tous deux gagnent un petit chemin ombragé d'arbres qui conduit vers le château, et que le bon Gutman choisissait de préférence lorsqu'il allait visiter son ami.

O comme le cœur du jeune adolescent battait avec délices, en pressant le bras de sa douce amie contre sa poitrine brûlante ! comme le sein de l'adolescente s'élevait, en sentant la douce chaleur de la main de son bien-aimé ! Le ciel n'avait jamais été si pur, les chants du rossignol aussi mélodieux, la nuit plus calme, les parfums de Flore plus pénétrans. Ne semblerait-il pas que ces deux créatures charmantes viennent de naître, et admirent pour la première fois les prodiges de la création?.... Tel est l'effet qui suit l'aveu du premier amour.

Ils étaient arrivés à la vue du parc, sans s'imaginer qu'ils en étaient aussi près. La lune, en ce moment, cachait son disque radieux au sein d'un épais nuage, lorsque leur céleste extase fut brusquement interrompue par l'aspect des trois cavaliers aux manteaux, qui passèrent auprès d'eux, et bientôt se perdirent dans l'ombre.

Un seul mot avait frappé l'oreille de nos deux jeunes amis : *C'est elle !* Ce mot prononcé au milieu du silence solemnel de la nature, vient vibrer jusqu'au fond du cœur d'Adolphe ; il serre fortement le bras d'Ernestine, dont un rayon de l'astre de la nuit éclaire la pâleur ; oubliant le sujet de leur promenade, ils retournent vivement sur leurs pas, et arrivent au logis en haletant de fatigue et d'effroi.

Leur père les attendait. Il était revenu, contre son usage, par la route qui traversait le village.

Le bon Gutman paraissait rêveur et inquiet ; il se hâta de souhaiter le bon soir à ses enfans, et tous trois se retirèrent dans leurs chambres, en pensant aux événemens de cette journée, et à ceux qu'ils semblaient préparer pour l'avenir.

~~~~~~~~~~~~~~~~~~~~~~~~~~

CHAPITRE VIII.

Apparition presque miraculeuse.—
Quel en est l'objet et la suite.

L'IMAGINATION d'Adolphe, tour-à-
tour agréablement bercée par les illusions de l'espérance, ou vivement
agitée par les craintes que lui inspirait
sa situation présente, ainsi que les
dangers qui semblaient menacer ce
qu'il avait de plus cher au monde,
ne lui permit que fort tard de se livrer
au repos.

A peine venait-il de fermer les yeux,
qu'il fut réveillé en sursaut par un
bruit singulier. Il se figurait qu'on
agitait fortement ses fenêtres en frap-
pant sur les vîtres; il soulève sa tête

appesantie par le premier sommeil, et soudain aperçoit ces mots tracés en lettres brillantes, au dessous d'un petit fanal bleu :

Si Adolphe veut connaître ses parens,
qu'il suive ce fanal.

Adolphe n'était pas né supersti-tieux ; sans pouvoir deviner la cause de ce qu'un autre, élevé comme lui à la campagne, aurait pris sans doute pour un prodige, il conclut que cette apparition lumineuse n'avait rien que de naturel. Mais n'était ce pas un piège qu'on voulait lui tendre ? Il ne se connaissait aucun ennemi, et il était bien loin encore de soupçonner un scélérat dans ce Brunstbar, que l'instinct de la jalousie lui rendait haïs-sable, sans qu'il pût se rendre compte du motif de sa haine.

Comme il délibérait avec lui-même, il distingua cette seconde inscription, qui se trouva substituée à la première.

Ne crains rien , la nature ne trompe jamais.

Ces derniers mots le décident, ou plutôt il se sent entraîné par la curiosité, naturelle à son âge, et peut-être encore par le romanesque de cette aventure, lorsqu'il ne croit céder qu'au cri de son cœur.

Il s'habille à la hâte, s'arme d'un gros bâton noueux avec lequel il a déjà fait plus d'une prouesse, et naturellement courageux et bouillant, il franchit la fenêtre peu distante du sol.

Après ce premier pas, n'apercevant plus autre chose que le petit fanal bleuâtre qui s'élève dans les airs ; et brille comme un météore , il suit sa direction , ayant bien soin d'examiner autour de lui si rien de suspect ne l'environne , et rassuré de plus en plus par le calme le plus parfait.

Après avoir marché ainsi pendant long-temps, sa patience se lasse à la fin , il s'arrête et regarde ; toujours la même tranquillité. Il marche encore et appelle ; l'aboiement d'un chien dans le lointain est la seule réponse qu'il reçoit ; il appelle plus fort , et s'apercevant qu'il s'est beaucoup écarté du toît paternel , il déclare à haute voix qu'il ne peut aller plus loin.

En cet instant un petit sillon lumineux s'élève de terre en serpentant ;

le fanal s'enflamme, et quelques éclats
de rire assez éloignés lui annoncent
qu'il a été la dupe d'une mistifica-
tion (*).

Adolphe revient à grands pas vers
le bourg, en riant lui-même de cette
plaisanterie, et cherchant à en deviner
l'auteur. Mais grand Dieu! quel est
son effroi, lorsque le galop de plusieurs
chevaux, les aboiemens lugubres des
dogues, et des voix confuses mêlées
de cris aigus, lui font connaître qu'il
se passe quelque chose d'extraordinaire de l'autre côté du village.

Il se jette en courant dans un sentier qui tourne le bourg d'Eisendorf,

----

(*) On devine, sans que je le dise, que les ins-
criptions étaient en phosphore, et le fanal un cerf-
volant d'artifice.

se glisse le long des haies, franchit plusieurs fossés, juge la direction du bruit, et arrive presque aussitôt que les gens à cheval, qui l'occasionnent à un endroit où la route de Stutgard présente une montée assez rapide pour que les chevaux ne puissent la franchir au galop.

Jusqu'ici un mouvement machinal, mais irrésistible, avait précipité ses pas; quel sentiment tumultueux vient pénétrer son âme, lorsqu'il distingue une femme qui se débat entre ses ravisseurs, et qu'une voix bien connue lui prouve que c'est Ernestine qu'on enlève.

Dès lors, il ne court plus, il se précipite, il vole en brandissant sa redoutable massue; il atteint, il attaque, il renverse les trois cavaliers avant qu'ils aient le temps de se reconnaître. Le premier est étendu par terre ; le second voit son sabre brisé dans ses mains, il s'enfuit, et le troisième, qui a voulu se servir d'un de ses pistolets, manque le brave jeune homme, et ne se croit à l'abri de ses coups qu'en fuyant avec son camarade. Ernestine, l'objet et le prix de cette rapide victoire, a glissé du cheval où deux bras nerveux la retenaient, elle saisit Adolphe par la main, et fuit avec lui à travers champs par des sentiers où les cavaliers ne peuvent les poursuivre.

Les premiers rayons du jour commençaient à argenter dans un grand lointain le sommet des montagnes de la Forêt Noire, quand ils arrivèrent à Eisendorf.

Ils trouvèrent le bourg entier réveillé et sous les armes; le ministre profondément ému, était à la tête de ses paroissiens, ils allaient marcher à la poursuite des audacieux ravisseurs.

Brunstbar avait été un des premiers à se rendre sur la place au signal d'allarme; il s'était donné beaucoup de mouvement pour rassembler ses ouvriers, en jurant tout haut contre leur paresse qui retardait le départ de la troupe; il protestait avec une ardeur toute particulière, que les ravisseurs ne pouvaient lui échapper. Malgré ce grand zèle, un observateur habile aurait pu lire dans ses yeux, une espèce de joie maligne dont il cherchait en vain à dérober l'expression, sous le voile d'une indignation fortement prononcée.

Sa physionomie se rembrunit d'une
manière effrayante dès qu'Ernestine
parut, conduite par son libérateur,
il resta consterné et silencieux au milieu des cris de joie de la multitude;
cette aimable fille tomba dans les bras
de son tendre père, et lui raconta
comment, ne pouvant se livrer au
sommeil, elle était descendue au jardin et s'était tout-à-coup trouvé en-
vironnée et saisie par les trois cavaliers étrangers, des mains desquels
Adolphe l'avait délivrée d'une manière si miraculeuse. Quand elle eut
fini, elle remercia ceux qui l'entou-
raient, de leur généreux dévouement;
dans ce mouvement, son regard qui
tomba par hasard sur la figure sinistre
de Brunstbar sembla le pétrifier, et
on s'aperçut qu'il faisait un effort

prodigieux pour sourire et déclarer
à la fille du pasteur, la satisfaction
vive qu'il ressentait, disait-il, en la
voyant échappée à ses indignes persécuteurs.

Les bons habitans d'Eisendorf ne
voulurent pas se retirer que la belle
Ernestine ne fut en sûreté dans la mai-
-son paternelle; l'heureux Adolphe reçut les plus sincères félicitations, et sa
rentrée au presbitère fut un véritable
triomphe pour tous, à l'exception d'un
seul homme dont le cœur était déchiré
par les serpens de l'envie.

~~~~~~~~~~~~~~~~~~~~~~~~~~~~~~

CHAPITRE IX.

*Conversation sérieuse. — Séparation
inattendue.*

APRÈS avoir pris quelques heures de
repos , la famille du ministre reçut un
billet du comte d'Eisendorf : il témoi-
gnait toute la part qu'il avait prise
au malheur qui avait menacé son Ernestine et son Adolphe , et les invitait
tous , ainsi que son ami Gutman , à
se transporter au château où il était
retenu par un accès de goutte , en
s'arrangeant de manière à y rester
quelques jours, afin d'être plus à l'abri
de toute tentative ultérieure.

Gutman accepta avec joie cette proposition amicale , et toute la famille
se

se rendit le jour même auprès de son noble protecteur.

Durant les deux jours suivans, le ministre fut presque continuellement enfermé tête-à-tête avec le comte : les deux amans purent à leur aise se promener dans les vastes et superbes jardins du château, se dire, se redire sans cesse qu'ils s'adoraient, faire répéter leurs sermens aux échos, et graver leurs chiffres entrelacés sur les jeunes chênes.

Ils étaient heureux, ils ne désiraient rien ; malgré cela, je ne sais quel sentiment de tristesse les rendait rêveurs ; souvent un soupir interrompait une déclaration commencée ; quelquefois une larme venait se perdre dans le sillon d'un doux sourire, et ils demeuraient long-temps en silence

I.   4

assis l'un auprès de l'autre, ou sous les bosquets de roses et d'églantiers, ou dans cette grotte mystérieuse qu'on admirait au fond des magnifiques jardins d'Eisendorf, et qui bientôt deviendra le théâtre de l'aventure la plus funeste. Arrêtons nous et n'anticipons pas sur les événemens.

Le troisième jour, le ministre fit appeler Adolphe dans sa chambre : il le reçut d'un air bienveillant, mais solemnel, qui interdit le jeune homme, et après avoir fermé la porte, il l'invita à s'asseoir et lui parla en ces termes :

« Le moment est arrivé, mon cher
» Adolphe, où vous devez prendre
» un état. Celui qui reste inactif dans
» la société est presque toujours à

» charge aux autres, et certes ce n'est
» pas l'intention de mon fils. »

Adolphe s'inclina avec respect.

« Monsieur le comte et moi, nous
» nous occuppons depuis long-temps
» du soin de vous en choisir un qui
» vous convienne. »

Adolphe s'inclina une seconde fois.

« Et voici, mon cher fils, car j'ai-
» merai toujours à vous donner ce
» nom, voici le résultat de l'expé-
» rience de vos deux bons amis. »

Le jeune homme prit la main de
son père et la porta à ses lèvres brû-
lantes.

« L'obscurité qui enveloppe votre
» berceau, vous ferme malheureuse-
» ment plus d'une carrière; dans le
» militaire, la diplomatie, la magis-

» trature, il faut un nom pour réussir,
» et le vôtre, mon fils, est inconnu. »

Une grosse larme roula entre les
paupières de l'enfant d'adoption.

« Le commerce seul, peut vous en
» dédommager en vous fournissant les
» moyens de rester indépendant, et
» de vous placer au-dessus de l'injus-
» tice des hommes ; la probité, mon
» fils, et l'activité sont les bases de
» la prospérité du commerce, et je
» suis sûr que vous possédez l'une et
» l'autre : l'éducation que vous avez
» reçue, vous donne les talens pré-
» liminaires pour réussir, l'expérience
» et le temps y ajouteront tout ce qui
» vous manque. Je connais tous les
» sentimens qui vous attachent aux
» lieux qui ont vu croître votre en-
» fance. »

L'amant d'Ernestine soupira.

« Si l'absence ne les change pas et
» que vous ne cessiez pas de croire
» qu'ils peuvent faire votre bonheur,
» cette pensée, toujours présente à vo-
» tre esprit, deviendra le régulateur de
» toutes vos actions et le but de vos
» travaux, je ne puis que l'approuver.

» — Quoi, mon père, vous seriez
» assez bon, assez généreux pour me
» permettre d'espérer ?...

» Arrêtez, mon fils, vous devez
» sentir que je ne puis vous en dire
» davantage. Monsieur le comte a
» eu la bonté de vous faire pré-
» parer une pacotille assez considé-
» rable, votre place est retenue sur
» un vaisseau, mouillé en ce moment
» dans l'Elbe : votre protecteur vous
» adresse au gérent de ses habitations

» dans les îles de l'Amérique : en
» vous occupant de votre fortune ,
» vous aurez l'avantage inappréciable
» de servir votre bienfaiteur , dont la
» confiance en vous est sans bornes ,
» et qui vous la prouve en vous char-
» geant de surveiller ses établissemens
» lointains. Je n'ai plus qu'un mot à
» vous dire... c'est demain que vous
» partez pour Hambourg.... »

Ici les sanglots d'Adolphe inter-
rompirent le pasteur, qui lui-même
essuyait une larme d'autant plus
amère , qu'elle avait été plus long-
temps retenue.

« Ami, reprit le ministre, en ser-
rant fortement la main d'Adolphe ,
» n'oublions pas que nous sommes
» des hommes, les plaisirs et affec-
» tions de ce monde sont fragiles ;

» mais quand on a rempli constam-
» ment ses devoirs envers soi-même et
» son prochain, on peut compter
» sur la protection du ciel qui ne nous
» manque jamais.... Allons remercier
» monsieur le comte. »

Ils trouvèrent le comte d'Eisendorf enveloppé de flanelles, et les
pieds étendus sur l'édredon. Il ac-
cueillit Adolphe avec beaucoup de
bonté, et voulut bien entrer avec lui
dans les détails de la nouvelle carrière que ce jeune homme allait par-
courir.

Tout avait été calculé et prévu
d'avance par l'ingénieuse amitié : ce
fut le vieux seigneur qui annonça
à Adolphe que son retour était fixé
à trois ans, lorsqu'il aurait atteint
sa vingt-unième année, époque de

sa majorité, et qu'alors si la fortune lui avait souri, comme tout le
laissait espérer, il pourrait former en Allemagne un établissement
stable.

Ils allaient se séparer, lorsque le
comte, après avoir embrassé Adolphe
avec une émotion vive, que ce digne
homme s'efforçait de cacher sous le
masque de la froideur protectrice,
se tournant tout à coup vers Gutman, lui dit d'un air d'indifférence :

« A propos, pasteur, j'ai pris sur
» moi de disposer d'Ernestine pour
» quelques jours, en l'envoyant à Stut-
» gard, auprès de ma sœur la baronne
» de Burbach, qui me la demandait
» depuis long-temps, elle vient de
» partir, il y a une heure ; j'espère

» que vous ne le trouverez pas mau-
» vais ?...

« N'est-elle pas votre fille autant
» que la mienne, répartit Gutman... »

C'en était trop pour le cœur du
pauvre Adolphe, l'idée de ne plus
revoir son Ernestine fut un coup de
foudre ; il tomba évanoui dans les
bras de son père adoptif ; on le porta
dans son lit, il eut toute la soirée une
fièvre violente, et le lendemain, avant
le jour, il fut conduit par Gutman
dans une chaise de poste qui l'attendait, et qui prit rapidement le
chemin de Hambourg.

4 *

CHAPITRE X.

Proposition surprenante. — Un nou-
vel amant.

Madame la baronne de Burbach, propre sœur du comte d'Eseindorf, était une petite femme de quarante-cinq ans, très-grasse, très-enjouée, et dont la figure, quoique très brune, eut put passer encore pour jolie, sans un nez un peu trop grossi par l'usage immodéré du tabac. Du reste, elle était bonne, obligeante, spirituelle, et son seul défaut était d'être, comme toutes les baronnes d'Allemagne, un tant soit peu entichée de sa noble extraction.

Ernestine qui la connaissait dès

l'enfance, en fut tendrement ac-
cueillie.

La scène du monde s'ouvrait pour
la première fois aux regards de la
fille du pasteur. Sociétés, bals, spec-
tacles, tout était nouveau pour elle.
Cet éclat subit ne l'éblouit point ; le
souvenir d'Adolphe amortissait toute
autre impression.

Elle avait appris de la baronne
le départ de cet intéressant jeune
homme, et le motif qui lui faisait en-
treprendre ce long voyage. Elle n'i-
gnorait pas qu'elle avait été éloignée
pour éviter à son frère de trop pé-
nibles adieux : son cœur n'avait point
murmuré contre cet arrêt un peu
dur, d'ailleurs avait-elle, pouvait-
elle avoir d'autre volonté que celle
de son père ? après avoir payé à l'a-

mour un premier tribut de larmes,
l'espérance les avait séchées en ba-
lançant les chagrins du départ par les
charmes du retour.

Telles étaient les dispositions de
son âme, lorsqu'un soir elle resta
seule auprès de la baronne. Cette
dame avait fait fermer sa porte sous
le prétexte d'une migraine épouvantable.

Après un assez long silence qui n'é-
tait troublé que par le léger bruit
que faisait la bonne dame en savou-
rant quelques prises de tabac, Ernestine fut tout-à-coup surprise par
cette question inattendue. « Vous
» avez seize ans passés, ma chère Er-
» nestine. — Oui, madame. — Est-ce
» que vous ne pensez pas à vous ma-
» rier ? — Moi, madame la baronne,

» jamais. — Oh ! oh ! jamais ; voilà
» qui est un peu fort. — J'ai tort, ma-
» dame, j'aurais du dire quand mon
» père le voudra. — Bien ; une fille
» sage ne peut jamais mieux faire que
» d'obéir à son père. — Le chérir,
» lui prodiguer tous mes soins , rester
» toujours auprès de lui, c'est l'u-
» nique vœu de mon cœur. — A mer-
» veille : mais une jolie fille vertueuse,
» et bien élevée est faite, comme un
» diamant pur, pour briller au grand
» jour ; laisser l'une ou l'autre dans
» l'obscurité, c'est contrarier leur des-
» tination. — La mienne est remplie ,
» madame, si je rends mon père heu-
» reux. — Un père ne peut l'être vé-
» ritablement que lorsqu'il a donné à
» sa fille un protecteur pour la vie ;
» ce devoir rempli, si la mort vient le

» frapper, il s'endort avec sécurité,
» en songeant que son enfant a trouvé
» un abri contre toutes les tempêtes. »

Ernestine avec un soupir pénible :
« Eh bien, madame, quand la voix
» paternelle se sera fait entendre, je
» saurai lui obéir. — Généreuse et
» bonne créature, reprend la baronne,
en l'embrassant, » ces sentimens dé-
» licats excitent mon admiration sans
» me causer d'étonnement ! votre bon
» père, ce cher pasteur, comme il
» connaissait bien la belle âme de sa
» fille lorsqu'il m'a chargé de vous
» faire part de ses intentions ? —
» Quoi, madame, mon père ? — Vous
» marie. »

La pauvre Ernestine devient pâle
comme la mort, et le flacon de sels
de la baronne a beaucoup de peine à

lui rendre ses esprits. Après un moment de silence, elle paraît plus
calme; la baronne de Burbach se ras-
sied et continue. « Vos allarmes sont
» exagérées, mon enfant; votre père
» veut assurer votre bonheur (et Adol-
» phe est parti! soupire tout bas
» Ernestine); il en connaît les moyens,
» et s'ils ne vous paraissent pas aussi
» certains qu'à lui, c'est que votre vue
» ne peut, comme la sienne, percer
» les voiles de l'avenir. Dans quelques
» circonstances que vous vous trou-
» viez, n'oubliez jamais ce que je vous
» dis en ce moment. Au reste, votre
» prétendu arrive demain à Stutgard.
» — Quoi! sitôt?—Votre intérêt exige
» impérieusement que ce mariage ne
» soit pas différé; amitié, rang, for-
» tune, honneur, vous trouvez tout

» dans celui qu'on vous présente. —
» Mais, madame, je ne le connais pas.
» —Cette lettre, de votre père, vous
» apprendra ce que vous désirez savoir.
» Retirez - vous dans votre apparte-
» ment ; méditez ce que je vous ai dit
» et ce que vous allez lire ; surtout rap-
» pelez-vous bien que votre père,
» le comte d'Eisendorf et moi, nous
» voulons rendre heureuse notre Er-
» nestine, et que c'est là le but unique
» d'une conduite qui, sans cela, vous
» paraîtrait peut-être étrange. Bon-
» soir, mon enfant. A demain. »

Elle remit la lettre dans ses mains
tremblantes. La baronne, en embrassant Ernestine, recueillit une larme
sur ses joues décolorées ; la jeune fille
de Gutman, pouvant à peine se soutenir, se retira dans son appartement.

C'est alors qu'un torrent de pleurs, trop long-temps retenu par le respect, vint enfin soulager son pauvre cœur.

« Adolphe, mon frère, mon ami, » je ne te reverrai donc plus, ou si tu » reviens un jour dans ces tristes cli- » mats, il faudra t'éloigner de moi, » te fermer mon âme, ne plus lire dans » la tienne ! je ne pourrai plus te don- » ner le doux nom d'ami, pas même » celui de frère. Les barbares ! ils ont » éloigné de moi mon Adolphe pour » traîner leur victime à l'autel ; c'est » un époux qu'ils veulent m'y faire » trouver, ce sera un bourreau. Oui, » sans doute, j'obéirai à mon père ; » mais bientôt la mort déliera ces » nœuds que mon cœur n'aura point » formés. Que dis-je? cet époux, n'est-

» ce point mon père qui l'a choisi?
» Mon père peut-il exposer légère-
» ment le sort de sa fille? Est-ce lui
» que je dois accuser d'être un tyran?
» Hélas! il m'avait semblé quelquefois
» qu'il souriait à l'amitié d'Adolphe
» pour Ernestine! Que nos liens, bénis
» par mon père, eussent été doux!...
» Non, non, Adolphe est orphelin,
» sans nom, sans parens, sans fortune!
» ai-je pu un instant me faire illu-
» sion? Adolphe, élève de la charité,
» pouvait être l'ami d'enfance d'Er-
» nestine, jamais le compagnon de sa
» vie. Mais quel est donc cet époux
» qu'on veut me donner? Eh! que
» m'importe, puisque ce n'est point
» Adolphe. »

De nouveaux pleurs coulèrent de
ses beaux yeux. En les essuyant, la

lettre de son père, restée dans son mouchoir, tomba par terre et frappa ses regards ; elle la releva, et soit dévouement filial, soit curiosité, elle ouvrit cet écrit qui devait décider de son avenir. Il contenait ces mots :

« Lorsque tu liras cet écrit, ma fille,
» tu seras déjà instruite des volontés
» de ton père. Son bonheur est essen-
» tiellement attaché au tien ; il don-
» nerait sa vie pour l'assurer, tu le
» sais ; en accordant ta main sans avoir
» d'abord consulté ton cœur, le sen-
» timent de ton bien être l'a seul di-
» rigé. A la précipitation que tu trou-
» veras dans ce choix, à la bizarrerie
» que tu croiras y remarquer, tout le
» monde pourrait en douter, excepté
» mon Ernestine. Cependant, ce n'est.
» point un inconnu qui se présente

» pour entrer dans ma famille , c'est
» ton ami, ton protecteur, ton second
» père; c'est enfin , le comte d'Eisen-
» dorf. »

» Grand dieu ! s'écria Ernestine ,
en laissant tomber la lettre ; » est-il
» possible que ce soit le comte d'Eisen-
» dorf ! »

Une réflexion soudaine vint croi-
ser sa première idée. « Oui , ceci est
» un nouveau bienfait de mon père ;
» puisque ma main ne peut être à
» Adolphe , son bienfaiteur seul avait
» le droit d'y prétendre ; sa bienveil-
» lance a soutenu la jeunesse de cet in-
» fortuné , mes soins charmeront les
» vieux jours d'un protecteur si géné-
» reux. Heureuse , lorsque l'on exige
» de moi le sacrifice de moi-même , de
» l'offrir , pour ainsi dire , comme le

» prix du bonheur de mon bien-
» aimé. »

Rassurée par cette pensée sentimen-
tale, et par je ne sais quel pressenti-
ment qui lui faisait trouver, dans le
choix de son père, un léger adoucis-
ment à ses ordres impérieux, Ernestine
se coucha et dormit d'un sommeil paisible.

Quand le malheur qui nous frappe
est au-dessous de celui qu'on craint,
le mal prend, pour ainsi dire, à nos
yeux le caractère du bien.

~~~~~~~~~~~~~~~~~~~~~~~~~~~~

CHAPITRE XI.

Le jour des noces.

Le pasteur Gutman arriva de grand matin à Stutgard. Il était seul.

Dès qu'Ernestine eut appris que son père était dans l'hôtel, elle courut se jeter à ses pieds, en l'assurant de son obéissance. Le bon Gutman la reçut avec solemnité, et lui remit ce billet du comte d'Eisendorf.

« Ma fille Ernestine, ma chère en-
» fant, me regarde peut-être en ce
» moment comme un vieillard ri-
» dicule et haïssable; s'il en était
» ainsi, et que j'eusse été assez mal-
» heureux pour lui déplaire, elle
» n'a qu'un seul mot à dire, et je n'i-

» rai point la fatiguer par ma pré-
» sence. »

« Ne sait-il pas, mon père, que
» j'ai promis d'obéir. — Si ton obéis-
» sance causait ton malheur? — Mon
» refus ne me rendrait-il pas plus
» malheureuse encore. — Ernestine
» ne doit pas l'être. — Non , puisque
» je conserve mon père. — Tu vas
» le quitter pour vivre sous la dé-
» pendance d'un autre. — Vos deux
» belles âmes n'en font qu'une ,
» monsieur le comte sera mon père
» aussi. »

» Je suis donc le plus heureux des
» hommes, s'écria le comte, en entrant
» avec la baronne de Burbach. » Il
prit la main d'Ernestine et la baisa avec
respect.

Le comte savait bien qu'un vieillard

aux genoux d'une jeune fille, forme
une discordance choquante dans la
gamme de la nature; il se renferma
sans affectation dans le rôle de protecteur et d'ami.

Ernestine lui sut gré de sa délica-
tesse; son arrivée l'avait d'abord surprise, elle se remit; ce sourire doux,
qui annonce le calme de l'âme, se re-
plaça sans effort sur sa charmante
figure. Elle fit avec grâce les honneurs
du déjeûner; on y parla tour-à-tour du
mariage prochain dont le jour fut fixé,
et du cher Adolphe, dont on venait
de recevoir une lettre qui annonçait
son prochain embarquement, sans que
ces deux idées si différentes parus-
sent faire une vive impression à Ernestine; seulement elle rougit d'une
manière imperceptible, quand on pro-
nonça

nonça le nom de l'ami de son enfance.

On croira peut-être que notre héroïne était indifférente ou légère ? On
se tromperait fort ; Ernestine était
tout simplement ce qu'une fille honnête et bien élevée doit toujours
être lorsqu'elle n'a pas lu de romans.

Je ne m'apesantirai point sur les
détails qui précédèrent le jour des noces ; je me contenterai de dire que le
contrat fut dressé au grand avantage
d'Ernestine ; que les titres et quartiers
de Gutman (car il était bon gentil-
homme) furent strictement comptés
et vérifiés par madame de Burbach ;
que les visites d'étiquette furent faites
à tous les comtes, barons et chevaliers
de la famille , jusqu'au plus mince
arrière petit - cousin inclusivement ;

I.   5

que tous les hôtels de Stutgard et
les châteaux des environs reçurent
tour-à-tour les deux futurs et leur
suite ; qu'ils furent accueillis à la cour,
et qu'enfin ils reçurent la bénédiction
nuptiale des mains du pasteur Gutman, au milieu d'un grand concours
de peuple étonné de la folie d'un
homme aussi sensé que le comte, et de
la résignation d'une jeune fille aussi
jolie qu'Ernestine.

La fête préparée à l'hôtel de Burbach
fut superbe, le vin du Rhin coula à
grands flots, les quolibets et bons mots
circulèrent à la ronde sur le compte
du vieux époux et de la jeune mariée ;
le premier y répondit avec la gaîté
franche de l'ancienne chevalerie, et la
nouvelle comtesse n'en parut pas trop
décontenancée.

Enfin l'heure de la retraite arriva; la baronne et le pasteur con-
duisirent la jeune comtesse à la
chambre nuptiale, le comte la reçut
de leurs mains. La porte se ferma;
les deux époux restèrent tête-à-tete,
et voici leur singulier dialogue.

LE COMTE, *conduisant la comtesse à
une bergère.*

Vous tremblez, madame; asseyez-
vous. (*Après un moment de silence.*)
Il faut avouer que c'est une bien belle
chose qu'un jour de noces ? (*Nouveau
silence.*) Vous ne répondez pas, madame, aurais-je le malheur de vous
déplaire ? vous repentiriez vous...

LA COMTESSE, *d'une voix mal assurée.*

On ne se repent jamais d'avoir fait
son devoir.

LE COMTE.

J'aime ce langage, ma chère amie ; sois sûre que toute la vie de ton époux sera employée pour que ce devoir ne soit plus qu'un plaisir.

Il lui baise la main ; Ernestine, étonnée de cette nouvelle manière de parler, rougit jusqu'au blanc des yeux.

LE COMTE.

C'est singulier ! si je voulais en croire tous les petits propos que j'ai entendus aujourd'hui à droite et à gauche, il semblerait que notre mariage a quelque chose de disproportionné et de ridicule. Ces gens-là n'ont pas votre belle âme, Ernestine !

LA COMTESSE.

Ils ne connaissent pas la vôtre, monsieur.

LE COMTE.

Dites donc, mon ami.

LA COMTESSE, *les yeux baissés.*

Eh bien... mon... ami...

LE COMTE.

Charmante! Dans le fait, je suis loin
d'avoir encore la soixantaine ; il est
vrai que ma femme n'a vu que seize
printemps : les extrêmes se touchent.
J'ai fait bien des campagnes, cela
blanchit furieusement les cheveux ;
mais quelques lauriers par-ci par-là
les relèvent un peu, n'est-il pas vrai ?
J'ai sur le corps dix blessures ; mais
toutes ont été reçues au champ d'honneur en servant mon souverain ; j'ai,
par-dessus tout cela, ma maudite
goutte qui me tourmente sans cesse :
mais voyez donc, quand l'accès pren-
dra, comme il sera touchant de voir

une jolie petite femme soigner son cher et tendre époux. Ce tableau d'amour conjugal sera admirable ; qu'en dites-vous ? Vous voyez donc bien que tous les envieux ont tort, et que rien n'est mieux assorti que les nœuds que nous venons de former.

LA COMTESSE.

Votre aimable gaîté enveloppe de fleurs les devoirs que j'ai à remplir, et que vous voulez me faire connaître ; je sens tout le prix de cette prévenance, je saurai la reconnaître, j'espère.

LE COMTE, *se rapprochant d'elle.*

Tu penses donc, mon aimable amie, que, malgré la disproportion d'âge, nous nous convenons véritablement.

LA COMTESSE.

Oui, mon ami.

LE COMTE, *se levant brusquement.*

Vous ne dites pas la vérité.

LA COMTESSE, *interdite.*

Monsieur le comte...

LE COMTE.

Oui, madame la comtesse, vous vous trompez vous-même, la vertu vous égare sur l'étendue d'un sacrifice qui empoisonnerait votre vie entière.

LA COMTESSE, *étonnée.*

Je ne comprends pas ce qui peut vous avoir déplu dans ma réponse.

LE COMTE.

Serait-il possible qu'Ernestine eût été assez injuste pour imaginer un seul moment que le vieux Eisen-

dorf, qui l'a vu naître, qui l'a élevée
et chérie constamment, qui n'a eu
d'autre but, après la vertu, que le
bonheur de sa fille, eût voulu aujour-
d'hui renverser ses propres principes
et détruire son ouvrage, en sacrifiant
une chère et innocente enfant à un
caprice de vieillard; que dis-je? à
une fantaisie coupable, à un vice
réel?

LA COMTESSE, *à part.*

Je m'y perds.

LE COMTE.

Ernestine peut-elle ignorer que j'ai
remarqué cent fois son attachement
pour le jeune Adolphe, mon fils d'a-
doption? a-t-elle pu croire que j'aie
eu la barbarie d'éloigner mon jeune
ami, de l'exiler dans un climat lointain, pour profiter de son absence et

lui ravir le bien le plus cher qu'il puisse espérer dans le monde ?

Ernestine, regardant le comte avec deux grands yeux immobiles, cherchait à se convaincre qu'il n'eût pas perdu la raison ; et malgré l'air vénérable qu'il conservait dans son entousiasme, elle avait de la peine à croire que sa tête ne fût pas dérangée.

LE COMTE.

Je vois votre surprise.

LA COMTESSE.

Elle est extrême.

LE COMTE.

Vous ne me comprenez pas encore ?

LA COMTESSE.

Moins que jamais.

5

LE COMTE.

Madame la comtesse.

LA COMTESSE.

Monsieur le comte.

LE COMTE.

Vous êtes mon épouse.

LA COMTESSE, *à part.*

Hélas !

LE COMTE.

Et vous ne l'êtes pas.

LA COMTESSE.

Qu'entends-je?

LE COMTE.

Hors de chez moi, vous êtes pour tout le monde la comtesse d'Eisendorf; ici, vous restez toujours pour moi seul mademoiselle Ernestine, ma fille, l'amante d'Adolphe. Me croyez-vous assez dupe pour échanger le titre de père contre celui d'amant? Le pre-

mier me convient et m'honore, le second eut été déplacé, et m'avilirait à
mes propres yeux.

LA COMTESSE, *tombant à ses pieds.*

Ah ! mon père ! mon ami ! je con-
çois maintenant toute l'étendue de votre générosité ! comment vous récom-
penser jamais !

LE COMTE, *la relevant.*

Je le suis, puisque j'ai mérité ton
amitié. J'ai voulu un moment jouir
de ta surprise ; excuse - moi si je
t'ai un peu tourmentée. Tout avait
été concerté avec ton père ; demain
je te ferai connaître les motifs de
cette étrange conduite, ils sont purs
comme mon cœur ; qu'ils restent ensevelis dans le tien sous le sceau
d'un secret inviolable. Ta sûreté, le
bonheur de ta vie et celui d'Adolphe

en dépendent. Bonsoir, mon enfant, voici ta chambre, je me retire dans la mienne. Ernestine peut rêver à Adolphe, son époux lui en donne la permission. Adieu.

Le comte la serre dans ses bras avec tendresse ; Ernestine lui rend ses caresses sans rougir, c'est un père qu'elle embrasse. Il se retire ; et notre jeune amie, vivement émue par les divers événemens de cette journée, cherche envain le sommeil, mais trouve le calme et le repos au milieu des pensées les plus consolantes qui semblent lier son avenir aux affections de son enfance, et lui promettent ce bonheur dont elle avait fait le sacrifice avec tant de générosité, et qu'elle n'espérait retrouver jamais.

CHAPITRE XII.

Le lendemain du jour des noce

Eʀɴᴇsᴛɪɴᴇ ne ferma les yeux qu'au point du jour. En les r'ouvrant , elle aperçut autour de son lit son époux , son père, et la baronne.

Après un échange de tous ces petits mots d'amitié si agréables pour ceux qui en font usage , mais si fastidieux à retracer dans un ouvrage de ce genre , le comte entama l'explication qu'il avait promise.

« Pauvre Adolphe ! chère Ernestine!
» à peine êtes-vous parvenus à l'aurore
» de la vie , et déjà le plus grand mal-
» heur vous a menacé tous les deux !
» Que seriez-vous devenus , grand

» dieu ! si une main invisible n'eût
» pris soin de dissiper l'orage ?

   » Jusqu'ici , chère Ernestine , vous
» n'avez vu en moi que le protecteur
» d'Adolphe, je suis forcé de vous
» cacher encore les nœuds qui m'atta-
» chent à ce jeune homme; qu'il vous
» suffise de savoir qu'Adolphe a des
» parens vertueux, bons comme les
» vôtres; que je les connais, qu'ils
» n'ont pas de meilleur ami que moi;
» mais, hélas ! que les raisons les plus
» fortes les obligent de rester cachés
» sous le voile d'un mystère impéné-
» trable. »

   À ce récit, un mouvement de surprise anima la figure d'Ernestine; le
pasteur soupira , agité par un souvenir pénible , et la baronne de Burbach
s'empressa d'aspirer une forte prise de

tabac qu'elle tenait entre ses doigts.
Le comte reprit la parole.

« Le départ prompt d'Adolphe
» était indispensable, ses persécuteurs
» avaient découvert sa retraite ; un
» instant de retard pouvait compro-
» mettre sa liberté et sa vie. Pauvre
» enfant ! lorsque tu n'étais pas né
» encore, déjà la fatalité te poursui-
» vait ! Tu vis le jour au milieu de
» mille périls, et il fallut dérober ton
» existence à tous les yeux. Innocent
» et pur comme le souffle de la divinité,
» tu n'as jamais fait de mal à personne,
» et des méchans te persécutent, te
» poursuivent, et voudraient éteindre,
» dans ton sang, la haîne qu'ils por-
» tent à ceux dont tu reçus le jour.
» Je t'ai mis à l'abri de leurs odieuses
» entreprises ; mais qui sait si le sort ,

» qui a flétri ta naissance, ne te pour-
» suivra pas jusques dans ces climats
» lointains que tu vas habiter ? (Tous
les auditeurs fondaient en larmes.)
» Puisse un dieu protecteur te faire
» échapper à cette affreuse destinée,
» te ramener bientôt au sein de tes
» amis, et te faire trouver un bon-
» heur durable entre l'amour et la
» nature, sous les auspices de la
» vertu. »

Ernestine les mains jointes, les yeux
élevés vers les cieux, semblait conduire ce vœu jusqu'au pied du trône
de l'Eternel.

« Je reviens à vous, ma chère fille,
dit le comte après quelques momens
de silence, » dans cet instant cri-
» tique vous ne couriez pas des dan-
» gers moins grands que ceux d'A-

» dolphe: déjà deux fois vous aviez
» échappé aux embuches dressés par
» l'ennemi de votre repos; l'infâme
» Brunstbar après avoir vu échouer
» le projet si bien concerté de votre
» enlèvement, en méditait de nou-
» veaux. Privé d'Adolphe, quel bras
» aurait pu vous défendre dans la mai-
» son paternelle, sans autre barrière
» entre votre ennemi et vous, que la
» vénération qu'inspirent les vertus
» de votre père : hélas ! cette barrière
» est insuffisante pour arrêter le crime,
» il ne peut être contenu que par un
» frein plus énergique.

» Que seriez-vous devenue?.. La
» victime d'un monstre, dont il vous
» est impossible de soupçonner toute
» la scélératesse, et qui est d'autant
» plus à craindre qu'il sait, à force de

» souplesses et de fourberies, se
» mettre sans cesse à l'abri de la loi,
» parce que la loi ne peut punir que
» lorsqu'elle a convaincu.

» Un seul moyen se présentait pour
» arrêter l'audace de cet homme; il
» pouvait diriger sans crainte ses at-
» taques contre la fille du pasteur
» Gutman, il n'oserait jamais insulter
» l'épouse du comte d'Eisendorf;
» d'un autre côté, voulant faire par-
» venir mes biens après moi sur la
» tête de mon Adolphe, je ne trouvais
» pas de *fidei commis* plus simple que
» cette union, et elle me convenait
» d'autant mieux, qu'elle assurait à la
» fois, et la tranquillité actuelle et le
» bonheur futur de tout ce que j'ai-
» mais.

» Ainsi donc, de l'avis de ma sœur,

» madame la baronne de Burbach et
» de celui de votre digne père, j'ai
» le même jour signé notre contrat
» de mariage, par lequel je vous éta-
» blis pour douaire la moitié de mes
» biens, et mon testament qui vous
» donne le reste de ces mêmes biens,
» à la charge par vous d'épouser
» Adolphe dès que je ne serai plus.
» Voici ce testament, ma chère épouse,
» c'est le présent du lendemain de
» noces. »

Ernestine étonnée, confuse et pé-
nétrée de ce qu'elle venait d'entendre,
porta à ses lèvres la main de son bienfaiteur, reçut l'acte qu'il lui offrait,
et, incapable de dire un seul mot, elle
ne put exprimer sa reconnaissance que
par ses sanglots et ses larmes.

Une scène d'un autre genre suc-

céda à cette scène attendrissante.
Les parens, les amis et les étrangers
étaient tous arrivés; déjà l'hôtel re-
tentissait des cris d'allégresse, comme
si la joie avait besoin d'un grand
bruit pour être quelque chose. Il fallut
bien aller recevoir leurs fades félicitations. On trouva le marié radieux,
il était rajeuni comme Titon dans les
bras de l'Aurore; la mariée avait les
yeux un peu battus; mais cela ne faisait qu'ajouter à son air sentimental:
c'était l'arc céleste qui annonce un
beau jour.

Mille propos aussi merveilleux
furent dits et redits jusqu'à satiété.

Cette journée et les trois suivantes
se passèrent en jeux, en fêtes et en visites; la quatrième fut fixée pour retourner au château. Madame la baronne

de Burbach, qui ne pouvait désormais abandonner Ernestine, qu'elle nommait son héroïne, déclara qu'elle serait du voyage. C'est à la campagne que l'intéressante famille pourrait se trouver réunie loin des importuns, se remettre des secousses violentes que des sensations extraordinaires, accumulées en peu d'instans, avaient fait éprouver à chacun, et trouver enfin le calme heureux qui est la félicité des âmes pures. Hélas! ils ne se doutaient guères que peu de jours ne s'écouleraient pas, sans que cette paix fut troublée par les événemens les plus terribles et les plus inattendus.

~~~~~~~~~~~~~~~~~~~~~~~~~~~~~~~~~~

CHAPITRE· XIII.

Nouveaux complots. — Retour au château.

Il nous importe de savoir ce qui se passait dans ce même temps au village d'Eisendorf; à cet effet, nous remonterons au moment où Ernestine, sauvée par Adolphe des mains des cavaliers étrangers, avait été rendue à son père.

Brunstbar, furieux de se voir arracher sa proie, était rentré dans ses forges, image de l'enfer, et par leurs feux continuels et par les passions violentes qui en agitaient les habitans. Malheur à celui qui, en ce moment, se serait trouvé sous sa main; tous

fuyaient à l'aspect de leur maître ir-
rité : semblable au vautour de Pro-
méthée , le démon de la jalousie ron-
geait son cœur sans cesse renaissant ;
et il resta deux jours entiers enfermé
dans l'endroit le plus retiré de ses
appartemens souterrains sans recevoir
personne.

Margara seule osa s'introduire auprès de lui à la fin du second jour.
C'était une grosse Napolitaine , ayant
près de quarante ans , qui avait dû
être très-jolie. Après avoir long-
temps servi aux plaisirs de son maître , elle en était devenu l'intime confidente.

Margara lui apprit que la famille du
pasteur s'était retirée au château ; il
frissonna en songeant que peut être
ses desseins étaient découverts.

Après s'être fait servir un repas
dont il avait grand besoin, il assembla,
dans la nuit , son conciliabule secret,
et il y admit les trois cavaliers étrangers.

« Pourquoi nous appeler ? dit l'un
d'eux; » veux-tu nous. faire entre-
» prendre quelque nouvelle besogne ?
» Tu sais bien, morbleu, que nous ne
» sommes pas venus ici pour cela. —
» C'est vrai, reprit le second cavalier ;
» et sans ce maudit enlèvement , que
» le diable confonde , Adolphe serait
» maintenant en Hongrie, tu n'aurais
» plus de rival , toi; et je te réponds
» que celui-là n'est pas facile à ma-
» nier. Quant à nous , nous aurions
» satisfait notre maîtresse ; au lieu de
» ça, l'éveil est donné, le pigeon s'en-
» volera, et il ne nous restera de cette
belle

» belle entreprise, que la honte et des
» coups de bâton pour salaire. —
» Croyez-vous que je ne sois pas
» aussi indigné que vous, camarades ?
» s'écria Brunstbar ; mais les lâches se
» plaignent, les braves agissent. Ecou-
» tez-moi. Cent ducats de plus pour
» chacun, si d'ici à deux jours Ernes-
» tine est à moi; ensuite, je vous donne
» tous mes gens pour enlever Adolphe,
» et le mener à votre comtesse. Voilà
» ma proposition. Tant que je n'aurái
» pas la belle en mon pouvoir, les
» miens ne peuvent agir, ce serait me
» mettre à découvert, me compro-
» mettre; la police ne me perd pas de
» vue, et il ne faut qu'une fausse dé-
» marche pour culbuter ma fortune.
» Après l'enlèvement, tout m'est égal,
» puisque, comme vous le savez, je

» quitte le pays pour me retirer en
» Italie ; le ciel y est plus beau , les
» femmes plus passionnées , les poi-
» gnards à meilleur compte ; tout cela
» me convient, et j'y serais déjà sans
» cette fantaisie pour cette petite fille :
» le diable veut que je la passe, il faut
» bien que je lui obéisse. — Ce qu'il y
» a de mieux dans ton discours, dit le
» troisième cavalier, ce sont les cent
» ducats de plus, et le voyage d'Italie,
» où nous pourrons bien te retrouver
» un jour; car les lois d'Allemagne
» sont furieusement sévères, et notre
» maîtresse pas assez généreuse. Voilà
» qui est dit : avant deux jours, nous
» remettrons la fille dans tes bras. »

En effet, toutes les dispositions furent faites une seconde fois pour cet
enlèvement; mais par une protection

céleste, l'innocente Ernestine échappa
à ces nouveaux pièges en partant pour
Stutgard le troisième jour, ainsi que
nous l'avons raconté.

Rien ne peut égaler la fureur de
Brunstbar, si ce n'est celle des trois
moldaves (les cavaliers étaient de la
Moldavie), lorsqu'ils apprirent qu'Ernestine était partie, et qu'Adolphe
n'était plus au château. Ils quittèrent
aussitôt les forges, en donnant au diable l'amour et les amoureux, et se mirent à la quête de l'intéressant jeune
homme qu'ils avaient résolu de livrer
à cette exécrable comtesse, si digne
de figurer à côté de Brunstbar, et que
nous connaîtrons un jour plus particulièrement pour le malheur des êtres
innocens et vertueux auxquels nous
nous intéressons.

Brunstbar apprit avec un étonnement nouveau le mariage du vieux
Eisendorf avec la jeune fille du pasteur. Comment le vertueux comte
pouvait-il épouser la promise d'Adolphe, et ravir à l'être qu'il devait chérir le plus dans le monde, sa maîtresse
et son bonheur ? Il se perdait dans
ses conjectures sur cet événement, qui
lui paraissait d'autant plus incroyable,
que Brunstbar connaissait la naissance
mystérieuse du fils d'adoption.

Serpent adroit et insidieux, Margara
sut calmer les agitations de son maître.

Sans s'inquiéter du sort d'Adolphe,
qui dans le fait intéressait fort peu
Brunstbar, elle lui fit sentir que son
absence, au contraire, lui devenait favorable, que la main du comte ne

mettrait pas Ernestine à l'abri de leurs entreprises ; que ce n'était plus par la force qu'il fallait agir, mais par l'adresse, et qu'il n'ignorait pas, au reste, ce qu'elle savait faire. Aussitôt elle s'offrit pour le servir en se faisant fort de la réussite.

Brunstbar avait frémi aux derniers mots que cette mégère avait prononcés avec un sourire qu'il est difficile de décrire, autrement que par l'impression qu'il fit sur l'âme même d'un scélérat : car à ce sourire, Brunstbar avait cru voir l'ombre défigurée et livide de son père, se placer entre la Napolitaine et lui. Il avait pâli ; mais bientôt, bannissant les remords comme une faiblesse qu'il n'osait avouer, il accepta les offres de sa digne compagne.

Margara, ayant eu ses raisons pour
se cacher, n'était presque pas sortie des
forges ; sa figure était totalement inconnue dans le village d'Eisendorf.
Elle avait l'art d'adoucir ses traits, et
de les rendre aimables et intéressans
à volonté ; elle les composa. Ses yeux
s'humectèrent de larmes ; elle déchira
ses vêtemens, meurtrit son sein, laissa
tomber sur son dos ses longs cheveux
uoirs ; et, en cet état, dès que la nuit
fut venue, elle entra dans le château
d'Eisendorf, en poussant des cris de
douleur ; rencontra le vieux Péters,
intendant de M. le comte, tomba à ses
pieds, les baigna de ses pleurs, et lui
demanda, d'une voix si touchante, un
asile et sa protection contre la barbarie de Brunstbar, que ce bon vieillard

la releva les larmes aux yeux, et, sans
hésiter, lui octroya sa demande.

Il faut dire que pour rendre la chose
plus vraisemblable, elle avait forgé
une prétendue histoire d'enlèvement.
De plus, Péters savait depuis long-
temps que le maître des forges était
capable de tous les crimes ; et cet
homme redouté ne manqua pas de se
présenter à la grille du château, armé
d'un poignard, et menaçant de mettre
tout à feu et à sang si on ne lui rendait
pas la fugitive.

Cette comédie décida plus que tout
le reste, le simple Péters à présenter
Margara à sa femme comme une nouvelle victime du terrible voisin. Pour
en finir, l'adroite italienne sut tellement capter en peu de jours la bien-
veillance du vieux couple, qu'ils la

crurent un modèle de vertus; et à
l'arrivée du comte et de la comtesse,
la présentèrent en qualité de femme
de chambre, en appuyant leur demande de tout le poids de leur recom-
mandation.

Le comte, qui connaissait Péters et
l'estimait, sachant que son épouse
avait besoin d'une femme de chambre,
touché d'ailleurs des prétendus malheurs de la protégée de son intendant,
accepta les services de l'infâme émissaire de son plus cruel ennemi, sans
s'imaginer que sa pitié préparait la
ruine prochaine de la malheureuse Ernestine.

CHAPITRE XIV.

Un événement épouvantable se prépare.

ERNESTINE avait d'abord trouvé dans la belle figure de Margara quelque chose de trop leste, qui semblait annoncer une facilité de mœurs qu'elle n'aimait pas; en peu de jours l'italienne, complaisante et adroite, s'insinua dans les bonnes graces de sa nouvelle maîtresse, et lui rendit ses services agréables.

Margara, initiée dans tous les services de la chambre de madame la comtesse, s'était aperçu bientôt, avec une extrême surprise, que M. le comte n'était époux que pour la forme; mais

6 *

elle était bien loin de soupçonner les sublimes motifs de cette union purement platonique. La vertu a quelquefois aussi une sainte hypocrisie dont l'œil pénétrant du vice ne peut percer le voile. Quoiqu'il en soit, elle s'était empressée d'instruire celui, dont elle était l'agent, de cette particularité remarquable.

On était alors à cette époque de l'année où les beaux jours deviennent d'autant plus précieux qu'ils sont plus rares ; le soleil sans force pâlissait au milieu de sa carrière ; la vigne, privée de ses ornemens, cédait au pressoir la dernière goutte de sa sêve généreuse ; la poire d'hiver jaunissait sur sa tige grisâtre ; le chasseur poursuivait dans les sillons à découvert la perdrix et le lièvre, désormais sans autre asile que les forêts ; les feuilles jonchaient la terre de toutes parts, et tombaient avec ce silence solemnel , précurseur du deuil de la nature.

Ce tableau de la dégradation générale plaisait à l'âme attristée d'Ernestine, par ses teintes à la fois sublimes et mélancoliques.

Lorsque les ombres, devenues plus longues, descendaient du faîte des montagnes, elle aimait chaque jour à se rendre au jardin ; sa promenade ordinaire était quelquefois dans le parc , auprès de cette pièce d'eau où Adolphe lui avait sauvé la vie, et plus souvent à l'extrémité des jardins , dans cette grotte mystérieuse, dont le dôme, formé de brillans stallactites , couvrait un sol tapissé de mousse, et invitait à la rêverie.

C'est là que non loin de l'arbre chéri qui présentait les chiffres d'amour, l'amie d'Adolphe se reposait plusieurs heures de suite au milieu des souvenirs les plus touchans et des espérances les plus flatteuses.

C'était positivement cet instant de la journée que le vieux comte choisissait pour se retirer dans son cabinet, et mettre par écrit les projets qu'il méditait sans cesse pour le bien de l'humanité ; et la baronne du Burbach, qui n'avait pas encore perdu les habitudes de l'été, profitait de sa solitude pour s'étendre sur le sopha du salon, et y faire la *sieste*, jusqu'à l'heure à laquelle les visites et les cartes venaient la rendre à la société et à sa tabatière.

Margara avait remarqué ces dispo-

sitions , et c'était sur cet ordre inva-
riable de la maison qu'elle calcu-
lait la réussite d'un plan dont l'exé-
cution lui paraissait n'offrir aucune
difficulté, puisque personne autre que
sa maîtresse et elle-même ne descendait
après dîner au jardin, et qu'à l'instant
précis de cette promenade tous les
domestiques étaient occupés à déser-
vir, ensuite à préparer et à prendre
leur repas.

L'italienne trouva bientôt le moyen
de communiquer ses remarques à
Brunstbar. Il eût été dangéreux pour
elle de sortir fréquemment du château,
ses démarches l'auraient rendue sus-
pecte, et en les suivant de près, il n'eût
pas été difficile de s'apercevoir qu'elle
se rendait aux forges ; ç'eût été s'exposer à voir s'écrouler en un moment l'é-

difice de fourberie qu'elle avait eu tant de peine à élever. Son digne maître évitait cet inconvénient en passant, à l'aide d'une double échelle de corde, par-dessus un grand mur qui touchait à ses terres , et les séparait du petit bois qui bordait la pièce d'eau, ainsi que nous l'avons décrit dans un des Chapitres précédens.

Il est donc facile de prévoir, d'après ces explications , qu'il ne fallait plus qu'un seul mot pour que le sacrificateur s'emparât de sa victime , qui, d'elle-même, sans le savoir, se livrait à ses coups.

Il est bon d'observer que les intentions coupables de Brunstbar envers Ernestine venaient de recevoir quelques modifications; d'un côté, cet homme, qui avait déjà fait passer dans

les états de Venise une partie de sa
fortune, voulait se défaire avantageu-
sement de ses forges, qui en formaient
une portion considérable , et c'est ce
qu'il n'aurait pu faire s'il eût été obligé
de quitter ce pays précipitamment
après un coup d'éclat ; de l'autre côté,
il s'était, depuis peu , enflammé d'a-
mour pour une aventurière, chanteuse
à l'opéra de Munich ; il l'avait prise
auprès de lui en qualité de maîtresse
en titre , et cette femme impérieuse
et déhontée n'aurait pas souffert
qu'une rivale vînt se placer à côté
d'elle. Il avait donc renoncé à l'enlèvement, et il se bornait à satisfaire en
secret sa brutale passion , en se ven-
geant tout à la fois, d'une manière
éclatante, du pasteur et du comte par
le déshonneur de leur Ernestine.

Quelle jouissance digne de son cœur féroce, que de pouvoir, inconnu, contempler les angoises de sa victime, la douleur d'un père, celle d'un époux qui ne saurait à qui attribuer l'affront sanglant qu'il allait recevoir ! Avec quels délices il se promettait de retourner le poignard dans leurs seins en feignant la pitié, en partageant en apparence leur douleur, en la leur rappelant sans relâche, pour les écraser ensuite par un coup de foudre, lorsqu'à l'instant de son départ il leur annoncerait enfin qu'il était le seul auteur de tous leurs maux.

Tels étaient les calculs infernaux de ce monstre, dont nous ne dévoilerions les forfaits qu'avec horreur, s'ils ne devaient servir, par leur peinture effrayante, à démasquer la marche

odieuse du crime , et par conséquent
à affermir de plus en plus ceux qui
marchent dans les sentiers fleuris de la
vertu.

Il était donc convenu avec la Napolitaine, qui était fort habille dans l'art
des préparations chimiques , que le
lendemain , sans différer davantage ,
elle mêlerait un soporifique dans le
café de sa maîtresse , et pour plus de
sûreté, dans celui du comte et de la
baronne ; que , sous prétexte de célé-
brer sa fête , elle donnerait quelques
bouteilles de vin aux gens de la maison pour les retenir plus long-temps à
table ; et qu'elle-même , après avoir
conduit la jeune comtesse dans la
grotte, retournerait au château dès que
le breuvage aurait fait son effet , tant
pour surveiller les importuns , que

pour écarter tout soupçon de sa personne.

« Margara, dit Brunstbar, prends
» bien garde que le goût ou l'odeur de
» ce café n'aille déceler ton artifice.

» Soyez tranquille, signor, ils n'en
» auront jamais pris d'aussi bon. Si
» la chose en valait la peine, je vou-
» drais les envoyer tous trois dans l'au-
» tre monde sans qu'ils pussent s'en
» douter.

» Malheureuse, tu me fais frémir !
» Prends bien garde de te tromper en
» composant ce breuvage?

» Crainte d'amoureux; Margara ne
» se trompe jamais; ceci est une plaisan-
» terie, une gentillesse. *(D'une voix*
» *basse et sombre.)* Quand il faut de
» l'*aqua thophana*, vous savez comme
» j'en sais composer.

» La scélérate !... s'écria une voix
» inconnue. — On nous a écouté....
» nous sommes perdus, dit Brunstbar. »

Ils regardèrent de tous côtés et
aperçurent à une certaine distance,
par-dessus le mur, un étranger enveloppé d'un manteau, et le chapeau
rabattu sur les yeux, qui les exami-
nait du haut d'un monticule : en
voyant leurs regards dirigés vers lui,
l'étranger disparut.

Brunstbar était pâle et tremblant.

« Je ne vous reconnais plus, mon
» cher Brunstbar, y a-t-il donc dans
» cette aventure de quoi tant s'épou-
» vanter ?... — Cet homme nous écou-
» tait, il a surpris mon secret. — Du
» tout, cet homme n'a pu entendre
» que ma dernière phrase sur l'*aqua*
» *tophana*, elle m'a valu l'épithète

» gracieuse qu'il m'a donnée ; quant

» à l'essentiel de notre conversation, je

» le défie de l'avoir pénétré, puisque

» nous parlions très-bas, et que nous

» étions alors à plus de deux cent pas de

» ce mur. — Si c'était un émissaire

» chargé de suivre mes démarches ?

» — N'avez-vous pas des amis qui

» vous en débarrasseront. — S'il aver-

» tissait le comte que l'on m'a vu dans

» son parc causant avec toi ? — Cela

» me ferait chasser ; vous avez si bonne

» réputation : mais que m'importe ?

» si l'on ne me renvoie que demain

» après dîner, vos désirs seront rem-

» plis, et j'aurai gagné loyalement les

» trois cent écus d'empire que vous

» m'avez promis ; au reste, il est temps

» de nous séparer, s'il arrive quelque

» chose de nouveau, je vous en instrui-

» rai demain dans la matinée : si vous
» n'entendez pas parler de moi, ve-
» nez sans crainte à tout événement ;
» soyez armé. — Je ne marche jamais
» sans cela. »

Pendant ce dialogue la nuit était
venue, une légère pluie avait empê-
ché ce jour là Ernestine de descendre
jusqu'à la grotte, elle était restée
dans une jolie serre chaude près de la
terrasse qui bordait le corps de logis
principal.

Margara fut la rejoindre, et se retira avec elle dans le château, où tout
était calme et dans l'ordre accoutumé.

———————

CHAPITRE XV.

Lettre anonyme.—Catastrophe.

CETTE journée qui devait être si fatale à l'innocence, fut une des plus belles de l'automne. Le soleil radieux s'élançait dans sa course avec la splendeur de sa jeunesse lorsqu'il s'échappe du céleste bélier ; les oiseaux retrouvaient leurs jolis gazouillemens pour saluer l'astre divin ; les vents en silence respectaient les dernières feuilles du vieux orme vénérable, et du jeune chêne majestueux : jamais la nature en cette saison n'avait été plus belle ; jamais aussi Ernestine n'avait éprouvé autant de contentement et de douce gaîté, et la lune, dont le disque pâlissant, se dessinait en plein jour sur un ciel d'azur, promettait une soirée magnifique.

Ernestine en se levant admira le beau spectacle qu'offrait la nature, et demanda que l'heure du dîner fut avancée, afin qu'elle put, disait-elle, jouir plus long-temps dans sa promenade du soir de tous les avantages d'un beau jour, qui serait peut-être le dernier de cette saison.

Margara sembla approuver cette résolution ; elle se réjouissait d'autant plus de ce jour brillant (remarquait cette femme artificieuse) que c'était justement celui de sa fête.

La jeune comtesse la félicita et lui passa au doigt un anneau orné d'une étincelle de diamant.

La prétendue fête de Margara fut connue dans tout le château, elle reçut les petits présens du comte, de la baronne, et les bouquets des commensaux de la maison, auxquels elle témoigna sa reconnaissance par une ample distribution de vin qu'elle fit acheter à ses frais au cabaret du village.

La joie la plus vraie régna donc dans cette maison, que le deuil et l'épouvante couvraient déjà de leurs ombres menaçantes.

Tout était ainsi préparé au gré du crime, lorsqu'un incident manqua renverser cet échafaudage d'horreur.

Vers le midi, un paysan du hameau voisin se présenta à la grille du château avec une lettre, en demandant madame la comtesse d'Eisendorf:

par

par un hasard malheureux, Margara
était alors près de la grille ; ce fut à
elle qu'il s'adressa.

Serait-il possible que le crime eut
aussi sa prescience ? Le ciel permet-
trait-il qu'il éprouva des pressenti-
mens qui l'avertissent des obstacles
qui peuvent arrêter sa marche ?

En voyant ce paysan, Margara
conçut un soupçon, et lui déclara
sans hésiter qu'elle était la comtesse.

« Ça s'peut ben, madame ; mais
» s'tilà qui m'envoie m'a ben recom-
» mandé d'être ben sûr que s'telle-là
» à qui je remettrions la lettre, soit
» ben madame la comtesse en parsonne
» naturelle. — Eh ! quel est celui qui
» t'envoie. — Ma fi que j'n'l'avions
» jamais reluqué avant, il a, voyez.

» vous ben ; un grand manteau. —
» Ah ! ah ! un grand manteau brun,
» un chapeau sur les yeux, n'est-ce
» pas ? je sais ce que c'est, donnez la
» lettre, mon ami, voici votre pour
» boire. — (Margara donne au paysan
» un gros écu.) » Oh ! v'là la lettre,
» dit-il, je voyons ben à c'te défigu-
» ration que vous connaissez mieux
» qu'nous c't'étranger, et par ainsi
» que vous êtes vraiment madame la
» comtesse, et t'nez, j'n'sommes pas
» tant bête, tel que vous m'voyez, et
» au gros écu tout seul je vous au-
» rions reconnue. — Fort bien mon
» ami, retirez-vous. »

Le nigaud fait révérences sur révérences, et s'en va bien satisfait de
sa commission, et surtout de l'intelligence qu'il a déployée en la faisant.

Margara ouvrit le billet et lut ces mots.

» Madame la Comtesse,

» Votre ennemi le plus cruel a été
» aperçu dans votre parc avec une de
» vos femmes. Je dois vous la dési-
» gner, elle est assez belle, un peu
» grasse, les cheveux bruns, et a
» l'accent étranger. Il se trame peut-
» être quelques nouveaux complots
» contre vous, tenez-vous sur vos gar-
» des. »

Cette lecture lui apprit qu'elle était
découverte, et que Brunstbar serait
peut-être suivi.... Que faire ? la matinée était écoulée, et elle n'avait
plus aucun moyen de le prévenir ;
elle comptait beaucoup aussi sur l'a-
dresse de son fidèle allié, qui déjà
était averti par l'apparition de l'é-

tranger, elle s'imagina bien qu'il prendrait toutes ses précautions, espéra même que l'inquiétant et mystérieux personnage serait victime de sa curiosité : dans tous les cas, elle sentit parfaitement qu'il fallait que l'expédition eut lieu dans le jour, sans quoi elle courrait risque d'être démasquée et chassée.

Les choses restèrent donc dans l'état où elles étaient.

Le dîner se passa bien, le café préparé fut pris sans aucun soupçon : monsieur le comte se plaignant un peu de lassitude, se retira dans son cabinet ; la grosse baronne crut s'apercevoir que sa *siesta* serait bonne, et passa au salon un peu plutôt qu'à l'ordinaire, et l'intéressante Ernes-

tine descendit au jardin avec son astu-
cieuse femme de chambre.

Le dîner qu'Ernestine avait voulu
faire avancer, se trouva, par l'adresse
de Margara, finir un peu plus tard
qu'à l'ordinaire.

Le crépuscule du soir couvrait les
objets d'une gaze déjà rembrunie,
et les dernières feuilles des arbres se
teignaient de la couleur bleuâtre de
la lune , avant qu'elles fussent arri-
vées à la grotte qui était le but ordinaire des promenades d'Ernestine.

Margara la laissa , conformément à
ses ordres , lorsqu'elle la vit assise sur
un des bancs de mousse qui entou-
raient la grotte fatale : la confidente
feignit de se retirer et ne la perdit de
vue qu'au moment où elle eut la cer-

litude que le breuvage soporifique
produisait son effet.

Tout était tranquille dans les jardins, on n'entendait de distance en
distance que le petit cri aigu du
grillon et le froissement monotone
des feuilles qui tombaient sur la terre.
Bien certaine de la réussite de son
stratagême, Margara retourna au
château, où les domestiques, réunis
tous à l'office, l'attendaient pour vider
les dernières bouteilles à sa santé et
à la plus grande gloire de sa pa-
tronne.

La malheureuse Ernestine pendant
ce temps était plongée dans un sommeil profond, semblable à celui de
la mort : un rêve épouventable vint
à la fois souiller et bouleverser son
imagination. Elle se crût transportée

dans une caverne infernale où des torrens de feu s'élevaient, bouillon-naient, retombaient, roulaient autour d'elle; plusieurs harpies ayant le vi-sage hypocrite de Margara, volti-geaient à ses oreilles et la couvraient de leurs aîles impures; elle voulait fuir, mais un dragon monstrueux, ouvrant une gueule ensanglantée, dé-fendait la seule issue par laquelle elle eut pû s'échapper. Tout-à-coup elle croit être saisie par deux bras vigou-reux, un baiser dévorant brûle ses lèvres, elle lève les yeux, et une sueur froide coule de toutes les par-ties de son corps en se voyant en proie aux infâmes caresses d'un démon dont la figure hideuse lui semble être celle de Brunstbar.... Elle veut crier, sa voix glacée s'arrête dans sa bouche et

ne produit qu'un son rauque : aussitôt une main de plomb semble pres-
ser sa poitrine haletante; l'infortunée s'agite, se débât, tombe par
terre et se réveille....

« Où suis-je, s'écrie-t-elle ? quel
» songe effrayant !... je suis meur-
» trie.... déchirée. »

Elle se relève et se traîne avec douleur sur le banc dont elle vient de
tomber... «Oh ! mon Dieu ! mon Dieu !
» ma tête est brûlante... ma raison
» égarée. »

Elle se remet un peu et cherche à
se rappeler ce qui a causé son effroi ;
hélas ! le sentiment de son malheur
allait suivre de bien près celui qui la
rendait à son existence...

« Dieu puissant !... Dieu juste !...
» écrasez-moi de votre tonnerre, ce

n'est point un songe... Ernestine est déshonorée !...

Elle retombe par terre sans aucune espèce de sentiment.

J'ignore combien de temps elle resta dans cet état d'insensibilité ; en reprenant ses sens elle croit entendre un gémissement... elle se relève, gagne avec peine l'entrée de la grotte... Les gémissemens se font entendre de plus près, elle s'avance, et reste glacée d'horreur en apercevant à ses pieds un homme expirant....

A la lueur des rayons de la lune qui frappent à plomb sur la figure du cadavre, elle distingue les traits affreux de Brunstbar, que la douleur rendait plus effroyables.

Ernestine pousse un cri aigu, et ne sentant plus ses propres maux, elle

7 *

fuit d'un pas rapide, et les cheveux en désordre, l'œil égaré, arrive au château, où elle ne trouve que Margara qui l'attendait. Tous les domestiques, à moitié ivres, faisaient retentir la maison de leur joie bruyante et de leurs chants ; Monsieur le comte et madame la baronne reposaient, et Ernestine, à demi-morte, pouvant à peine se soutenir, et portant sur son visage l'empreinte de la stupéfaction, est conduite dans son appartement par la perfide suivante.

Dès que la comtesse fut mise au lit, le breuvage, continuant de faire son effet, elle s'endormit d'un sommeil lourd et agité.

Alors Margara, satisfaite de la réussite de ses projets, et ne sachant pas le

malheur arrivé à son trop coupable
maître, descendit dans les jardins pour
veiller à ce qu'il ne restât aucune trace
du crime.

Elle n'entendit et ne vit rien en se
rendant près de la grotte ; elle n'aperçut pas non plus le corps de Brunstbar, qui, comme nous le saurons,
avait été enlevé. Elle ramassa le voile
et le mouchoir de sa maîtresse , elle
les vit ensanglantés ; en cherchant encore, elle rencontra sous ses pieds une
épée. Vivement étonnée de cette découverte , elle se plaça un instant en
observation vers le mur qui bordait
le petit bois, et n'entendant aucun bruit
qui pût l'allarmer, elle remonta dans sa
chambre , et se livra au sommeil avec
le calme de l'innocence : car l'habitude

du crime anéantit jusqu'aux remords,
ce dernier avertissement du ciel qui
peut encore ramener le coupable dans
les sentiers du repentir et de la péni-
tence.

———

CHAPITRE XVI.

*Premières suites de l'événement pré-
cédent.—Nouvelle allarmante.*

L_A jeune comtesse ne se réveilla que
très-tard le lendemain ; son sommeil
avait amorti ses douleurs, le réveil
les renouvela en les rendant d'autant
plus poignantes, que sa tête plus froide
lui permettait de calculer toute l'étendue de son malheur. Une grande faiblesse absorbait toutes ses forces physiques ; une fièvre lente la minait ; son
cœur serré ne recevait et ne rendait
qu'avec peine les sources de vie dont
il est le centre. Ses yeux cavés et son
teint livide semblaient être le résultat
d'une longue maladie ; sa tête était

flétrie comme celle d'un beau lys après une violente tempête.

Vous admiriez la veille cette fleur superbe, brillante de beauté et de fraîcheur, auriez-vous imaginé que quelques minutes d'orage l'eussent dégradée à ce point? La vie aujourd'hui, demain la mort.

O femmes! vous qui vous enivrez des éloges que la flatterie prodigue à vos charmes, énorgueillissez-vous donc encore des avantages que vous avez reçus de la nature, tressez des guirlandes de roses, préparez des fêtes, parez le présent de toutes les illusions de l'avenir; une seule vague suffit pour effacer ces projets chimériques tracés sur un sable mouvant.

Telles étaient les sombres pensées de notre Ernestine. Elles la ramenè-

rent naturellement vers cet être tout-
puissant, qui tôt ou tard récompense
la vertu et punit le crime ; elle remit
sa destinée entre ses mains, et sentant
son sang rafraîchi par cette idée con-
solante, elle réunit toutes ses forces
pour sonner sa femme de chambre.

A ce signal, une vieille servante parut et lui déclara que Margara était
sortie du château de très-grand matin,
en disant qu'elle avait eu hier soir une
querelle violente avec sa maîtresse, à
cause de la petite fête donnée aux gens
de la maison, et qu'elle ne voulait pas
rester plus long-temps au service de la
comtesse. Monsieur le comte lui avait
soldé ses gages, et elle était partie au
grand étonnemeut de tous les valets.

A ce discours, Ernestine soupira et
vit bien que cette femme avait été un

des instrumens du complot dont elle
était la victime. Elle ordonna à la vieille
servante de la laisser jusqu'à ce qu'elle
sonnât une seconde fois.

Restée seule , elle réfléchit plus sé-
rieusement aux suites que cette ef-
froyable aventure pourrait avoir. Tout
le monde l'ignorait dans la maison ;
devait-elle la faire connaître et appeler sur sa tête le déshonneur ? que
gagnerait-elle à en instruire le comte ?
avait-elle quelques-moyens de démasquer et faire punir les coupables ? non.
La nuit et le silence avaient été les seuls
témoins de leur attentat. Elle-même
avait de la peine à croire que ce ne fût
pas véritablement un rêve pénible. Parler, se plaindre, accuser sans autre
preuve que son propre aveu, c'était

aggraver son malheur en le faisant partager au vieillard respectable dont elle portait le nom ; c'était plonger le poignard dans le sein de son père, dont elle empoisonnerait les derniers jours. Il valait bien mieux souffrir seule et se taire.

Telle fut sa résolution.

Dès qu'elle fut irrévocablement prise, elle sentit son âme plus calme ; et malgré sa grande faiblesse, elle descendit au salon, parut au dîner, et continua de suivre ses petites habitudes, à l'exception des promenades du jardin, qu'elle s'interdit sans donner aucun soupçon, attendu que le temps était toup-à-coup devenu pluvieux et mauvais.

Sa pâleur n'allarma point le comte

ni la baronne, ils l'attribuèrent à une
légère indisposition occasionnée par le
changement de saison, et dans peu de
jours, graces à la force de la jeunesse,
les roses reparurent sur le teint d'Ernestine ; mais le sourire fut pour jamais banni de ses lèvres.

Ce fut à peu près vers cette époque
que le comte appela le pasteur Gutman
dans son cabinet, pour lui communiquer une lettre très-allarmante qu'il
venait de recevoir. Le lecteur en ju-
gera : la voici.

« Monsieur le comte ,

» Je m'empresse de vous faire passer
» cette lettre par le retour d'un vaisseau
» anglais, que j'ai hélé à la hauteur
» de Madère, pour vous apprendre

» que le jeune homme, ayant nom
» Adolphe, que vous m'aviez adressé
» comme passager pour les îles, a été
» attaqué près d'Hambourg, sur la
» plage, la veille de mon départ,
» par trois inconnus qui l'ont griève-
» ment blessé ; d'après la déclaration
» des témoins, qui n'ont pu le secourir
» vu la distance, il appert que les trois
» scélérats, après ce coup, ont emporté
» le pauvre jeune blessé dans une bar-
» que, qui a de suite fait forces de
» rames, Dieu sait pour où. Cela s'est
» passé, mon vaisseau étant en rade,
» en vue, et mon lieutenant à bord ;
» il a envain fait poursuivre la barque
» par ses canots, nos nageurs, quoi-
» qu'excellens, n'ont pu l'atteindre,
» et je me suis vu forcé de lever l'an-

» cre sans ce pauvre diable que Dieu
» veuille protéger. »

» Sur quoi, je suis, avec respect,

Monsieur le comte,

Votre, etc.

H ᴇ ʀ ᴍ ᴀ ɴ , capitaine du
Poisson Volant d'Hambourg.

Cette lettre plongea les deux protecteurs d'Adolphe dans le chagrin
le plus profond. Le comte mit aussitôt
du monde en campagne, et écrivit de
tous les côtés pour avoir des nouvelles
de ce malheureux jeune homme;
mais les deux amis résolurent de ne
point annoncer ce fatal événement à
Ernestine, dont la langueur et la tristesse leur donnait déjà les plus vives
allarmes.

La mauvaise saison étant venue, et

la campagne n'étant plus habitable ,
la famille, accompagnée du pasteur ,
quitta le village d'Eisendorf , et vint
s'établir à Stutgard dans l'hôtel de la
Baronne, où nous la laisserons quelque temps pour nous occuper plus
particulièrement de quelques autres
personnages , qu'il est intéressant de
ne pas perdre de vue.

CHAPITRE XVII.

L'intérieur de la maison d'un scélérat.

Margara arriva de très - grand matin aux forges, rayonnante de joie, et avec la flatteuse espérance de recevoir la récompense promise.

Ces âmes de boue ne pensent jamais qu'à l'or, qui, dans le fond, n'est qu'une boue brillante.

Elle fut bien étonnée lorsqu'elle ne rencontra, parmi les nombreux habitans de ces forges, que des figures froides et soucieuses ; elle voulut parler, on la rebuta ; se plaindre, on lui imposa silence : cet antre infernal

était devenu le palais du recueille-
ment.

Margara, surprise au dernier point
de tout ce qu'elle voyait, traversa rapidement tous les appartemens supé-
rieurs, ils étaient vides. Elle descendit
dans les souterrains qui étaient en
quelque sorte la forteresse du brigand
Brunstbar; elle parvint, non sans
peine, à la porte de sa retraite accoutumée, elle y trouva deux de ses di-
gnes accolites en faction. « Va-t-en,
» dit l'un d'eux. — Est-ce que tu ne
» me connais pas? répond-elle. — Si
» fait; mais on n'entre pas. — Je veux
» parler au maître. — Impossible. —
» Je lui apporte de bonnes nouvelles.
» —Quelque nouveau projet peut-être
» pour lui faire percer le ventre. — Je
» ne sais ce que tu veux dire, tou-

» jours est-il que je viens du château.
» — Puisse-t-il se démolir de fond en
» comble ton château.

» Qui se dispute donc là ? cria une
voix affaiblie, que Margara recon-
nut pour celle de Brunstbar. —» C'est
» moi. — Qui donc ? — Margara. —
» Va-t-en au diable ! — Belle récep-
» tion ! — Infernale mégère, dont les
» conseils m'ont perdu. »

Margara, effrayée, à l'une des senti-
nelles : « Qu'a-t-il donc le maître ?—
» Ne le sais-tu pas ? Un grand coup
» d'estramaçon à travers le corps. —
» Maître, j'ai trouvé une épée dans la
» grotte, dit l'italienne, en élevant la
voix ; » c'est sans doute celle de votre
» assassin. — Voyons - là , dit Brunstbar ; » peut être me fera-t-elle décou-
» vrir cet infernal personnage qui s'est
» attaché

» attaché à mes pas pour me contre-
» carrer dans tous mes projets. Laissez
» entrer Margara. »

La porte s'ouvre, et Margara est
entrée; elle voit, avec épouvante,
Brunstbar hideux, livide, l'œil ha,
gard, étendu sur un lit de douleur.

« Sainte vierge ! quelle main témé-
» raire a pu vous mettre dans cet état ?
» Je suis furieuse. Tout avait si bien
» réussi, graces à mes soins ! J'étran-
» glerais le scélérat si je le tenais.

» Trèves de bavardage, dit Brunst-
» bar, il me rompt la tête. Voyons
» l'épée. »

Margara lui présente l'arme; le
blessé, en l'examinant, pousse un profond soupir. « Mille tonnerres, s'écrie
» Rifleman, le chirurgien, voilà qui est
» singulier : l'homme qui s'acharne à

I.   8

» poursuivre le maître , est des nôtres !
» Voyez les lettres de cette épée : S. D.
» C. A. — C'est incroyable , dit un de
» ceux qui étaient dans la chambre ,
» c'est bien un membre de la société des
» cœurs ardens, — Furies infernales ?
» saisissez , déchirez ce traître, voci-
» fère le tigre souffrant. »

En disant ces mots avec force, il
s'agite sur son lit , sa blessure s'est
r'ouverte, il vomit des flots d'un sang
noir ; il est évanoui.

Le chirurgien fait sortir tout le
monde de la chambre, et reste enfermé
avec le malade et Christiana , cette
comédienne de Munich , dont nous
avons parlé plus haut.

Margara , consternée, suit les affi-
dés en silence jusque dans la grande
halle souterraine. « Il n'en reviendra

» pas, dit la Napolitaine.—Je le crois,
» répond un des satellites. — Que cela
» ne nous empêche pas de déjeûner,
» dit un second.—Bravo , reprend un
» troisième ; cela ne fait pas le moindre
» mal au blessé, et nous fera beaucoup
» de bien. »

Ils se mettent tous à table , sans
s'inquiéter davantage de celui dont
ils mangent le pain. Telle est l'amitié
du crime : ardente pour gagner de l'or,
nulle pour tout autre motif ; elle ten-
drait la main à celui qu'elle frappe, ou
frapperait celui qui la paye, s'il y avait
un écu de plus ou de moins dans la
balance.

Après le déjeûner , qui fut long et
copieux , l'italienne voulut savoir ce
qui s'était passé au rendez-vous qu'elle
avait si adroitement préparé pour le

triomphe de son maître ; un des hommes, qui avait accompagné Brunstbar,
le lui raconta.

« Toutes nos dispositions, dit-il,
» avaient été prises comme pour un
» combat général ; l'ennemi n'avait
» paru d'aucun côté, pourtant l'homme
» au manteau nous était bien signalé.
» Depuis le matin nous étions en vé-
» dète autour du mur, et nous étions
» bien certains qu'il ne s'en était pas
» approché. Le maître, radieux et
» triomphant, s'avança dès que la nuit
» fut venue ; il n'avait point d'autre
» arme que son épée, première impru-
» dence ; il franchit le mur, et nous
» laissa de l'autre côté dans la campa-
» gne, seconde imprudence ; il fallait
» qu'il se fit suivre dans le jardin par
» deux ou trois de nous autres braves.

» Le diable s'en mêlait, je crois . . . .
» D'après ce que le maître nous a ra-
» conté, il paraît qu'à l'instant où il
» allait entrer dans la grotte, dans la-
» quelle était, je crois, cette belle, que
» l'enfer saisisse.—Sans doute, dit Mar-
» gara, en l'interrompant ; je l'avais
» amenée moi-même dans la grotte,
» elle y dormait du sommeil le plus
» profond. Et le maître n'y est pas
» entré, dis-tu ? Voilà qui est singu-
» lier !

   » Si tu me déranges encore par tes
» observations, tu apprendras le reste
» quand tu le pourras.» Margara, qui
avait en ce moment plus de curiosité
que d'envie de parler, se tut, et le brigand continua.

   « A l'instant donc où le maître allait
» entrer dans la grotte, il se rencontra

» face à face avec l'homme mystérieux,
» qui, mettant l'épée à la main, atten-
» dit qu'il fût en défense, l'attaqua en
» brave, et sans dire un mot, l'étendit
» par terre en lui laissant son épée dans
» le corps. — C'est cette épée que j'ai
» rapportée.—Eh ! oui, de par tous les
» diables.

» Nous crûmes entendre un clique-
» tis d'armes, nous étions inquiets;
» nous franchîmes le mûr, nous trou-
» vâmes le maître gissant sur le car-
» reau, nous l'enlevâmes et le rappor-
» tâmes ici sans aucune mauvaise
» rencontre ; seulement deux de nos
» cavaliers, qui battaient la campagne,
» parfaitement montés, crurent distin-
» guer l'homme au manteau à cheval,
» se mirent à sa poursuite, passèrent
» ventre à terre assez près de nous en

» criant qu'ils coupaient la retraite à
» ce coquin, et le tenaient : nous ar-
» rivâmes ici , et depuis ce temps nous
» n'avons pas entendu parler de nos
» deux camarades. — C'est un être
» extraordinaire que ce manteau brun,
» et vous verrez qu'il aura écharpé nos
» gens. » C'était un gros forgeron
qui, en fumant sa pipe faisait cette réflexion au milieu d'un nuage de fu-
mée.

« Dieu nous préserve de sa rencon-
» tre, répondit Margara, en tirant son
» chapelet. »

Dans ce moment, on entendit une
grande rumeur, et tous nos coquins
furent en un clin d'œil en état de défense.

C'était justement les deux cavaliers
qui revenaient de la poursuite de l'é-

tranger dont on parlait ; l'un avait un coup de sabre sur la figure, l'autre portait un bras en écharpe.

Ils furent introduits auprès de Brunstbar, qui avait repris connaissance ; et bientôt toute la bande sut le résultat de leur triste expédition.

Ils avaient poursuivi toute la nuit, sans le perdre de vue, celui qu'ils voulaient atteindre ; vers la pointe du jour, son cheval, s'étant abattu dans un ravin, il s'était dégagé avec légèreté au moment où ils allaient tomber sur lui, et lâchant adroitement et à brûle-pourpoint ses deux coups de pistolet, il les avaient démontés tous deux.

La poursuite avait recommencé à pied avec un nouvel acharnement, et avait duré jusques vers le milieu du jour. Alors, harrassés tous les trois, hors d'haleine et couverts de sueur, ils s'étaient arrêtés en s'examinant à une respectueuse distance.

L'inconnu avait été le premier à se remettre en route ; il s'était jeté dans un petit bois qui bordait le Danube ; là, il avait attendu ses adversaires, en formant autour de lui, avec des branches sèches, une espèce de barricade ; s'était battu comme un lion, le sabre à la main, en résistant à leurs efforts réunis.

Enfin son sabre avait volé en éclats, et ils étaient prêts à mettre la main sur cet étonnant personnage, lorsqu'il s'était trouvé sur les bords du Danube, où un bateau avec des rameurs semblaient l'attendre, il s'était élancé dans la barque, et soudain elle avait gagné le milieu du fleuve en se livrant au

8 *

courant dont quatre rames bien servies
doublaient la vîtesse.

Quant à eux blessés, l'un à la joue
gauche, l'autre au bras droit, et frémissant de rage de voir leur proie s'échapper, ils l'avaient bientôt perdu de vue,
et étaient revenus à Eisendorf à travers
champs comme ils l'avaient pu, sans
avoir pris depuis la veille aucune
nourriture.

Tel fut le récit des deux cavaliers.
On pense bien qu'il causa de nouvelles inquiétudes au farouche Brunstbar; aussi tout l'art de son chirurgien eut il beaucoup de peine à le
sauver.

Il resta plusieurs semaines entre
la vie et la mort. Enfin ses forges,
ayant été vendues, et des nouvelles
inquiétantes l'ayant forcé de disper-

ser une partie de son monde , il se mît en route dans une litière escortée par le reste , et prit le chemin du Tyrol, accompagné de sa Christiana , de Margara et du chirurgien Rifleman.

CHAPITRE XVIII.

Bal de cour. — Trouble-fête.

La famille du comte d'Eisendorf passa une partie de l'hiver à Stutgard, d'une manière assez triste.

Le pasteur Gutman était retourné à ses augustes fonctions, et venait rarement en ville ; la baronne de Burbach restait presque continuellement à la cour, ses devoirs de première dame d'honneur la retenant auprès de la princesse.

Le vieux comte, travaillé d'un accès de goutte long et violent, ne quittait son lit que pour passer dans son grand fauteuil, et n'avait pour ainsi dire d'autre société, que l'aimante et

bonne Ernestine, dont les soins touchans semblaient adoucir l'âcreté de
ses douleurs.

La jeune comtesse elle-même ne
jouissait pas d'une très-bonne santé ;
elle avait éprouvé au commencement
de l'hiver, des maux d'estomac et
des vomissemens fréquens, qui avait
allarmé tous ceux qui s'intéressaient
à elle ; depuis quelques jours elle
semblaient rétablie dans son assiète ordinaire, elle prenait même un embon-
point assez considérable, qui l'avait
obligé de donner un peu plus d'am-
pleur à ses vêtemens ; mais son âme
innocente et vierge, était bien loin de
lui laisser soupçonner la funeste position que présageaient les différentes
petites circonstan que nous venons
de rapporter.

Les jours bruyans du carnaval venaient de ramener les fêtes annuelles
de la folie. Un grand bal masqué se
préparait à la cour.

Le comte, sans pouvoir quitter sa
chambre, souffrait un peu moins, et
la baronne de Burbach faisait l'impossible pour que sa nièce se rendît à l'invitation que la princesse avait daigné
lui adresser pour ce jour.

Ernestine aurait bien voulut s'en
dispenser ; la baronne lui disait qu'elle
avait été présentée et admirée à la
cour, que la mauvaise santé de son
mari avait jusqu'à présent servi d'excuse pour la dispenser de tous les
galas, qu'aujourd'hui son rétablissement lui permett▓▓▓ de répondre aux
bontés du souve▓▓▓ qu'elle se donnerait un ridicule en refusant, et que

ce manque d'égards et d'étiquette pourrait retomber sur elle-même, et lui occasionner quelques désagrémens.

Le comte ayant approuvé ses raisons et insisté pour que son épouse acceptât, Ernestine se vit contrainte de céder à ces deux volontés réunies, malgré son inclination qui ne lui faisait trouver des charmes vrais qu'aux plaisirs doux et sédentaires.

Tous les préparatifs se firent donc pour paraître à cette fête d'une manière convenable.

Ce jour arriva : la jeune comtesse d'Eisendorf fut reçue à la cour avec toutes les distinctions que méritaient son rang, sa beauté et sa vertu. Ses manières et sa douceur plurent à tout le monde, et particulièrement à la princesse qui, après le repas d'*apparât*, lui permit de la suivre dans ses petits appartemens, afin d'y prendre, avec elle, les déguisemens préparés pour le bal masqué.

Rien n'était plus brillant que cette dernière partie de la fête; quatre vastes salles contigues avaient été disposées de manière, que chacune d'elles figurait, par sa décoration, l'une des quatre parties du monde.

Les masques s'y trouvaient classés suivant cette division : dans le premier appartement on ne voyait que des Africains au teint d'ébène ; dans le second que des Asiatiques voluptueux ; le troisième était le séjour des sauvages de l'Amérique, et le quatrième présentait les peuples policés de l'Europe. Musique, rafraîchissemens, danses,

tout dans chaque pièce était parfaitement analogue aux habitudes connues
des peuples qui l'habitaient.

A l'arrivée de la princesse, les quatre parties du monde formèrent tour-
à-tour des marches pompeuses, et
vinrent déposer à ses pieds le tribut
des productions respectives de leurs
climats. Rien n'avait été épargné,
comme on l'imagine, pour donner à
cet hommage le caractère de la vérité
et l'éclat le plus brillant.

Ernestine, étonnée et charmée du
spectacle nouveau qui se déployait
à ses yeux; oublia pour un moment
ses chagrins.

Les marches furent suivies de
courtes pantomimes, qui exprimaient,
dans une action rapidement tracée au
son d'une musique harmonieuse et pit-

totesque , les mœurs, caractères et fa-
çons de combattre des différens peuples principaux.

Cette invention , qui parut neuve,
reçut les plus vifs applaudissemens.

Dès que ces jeux furent finis , tous
les peuples se mêlèrent pour se livrer
au plaisir de la danse. L'habitant des
bords du Mississipi donna la main à
une houri persanne ; la sibérienne ,
née dans les neiges et les glaces , laissa
réchauffer la sienne par un africain
de la Côte d'Or ; la provençale légère
se réunit au taciturne batave ; la
vierge consacrée au dieu des chrétiens
se mit au rang des odalisques du grand
turc, et Ernestine, qui était déguisée
en laitière des bords du Rhin , accepta l'invitation d'un vieux talapoin
du royaume de Pégu.

La walse commença, ce ne fut plus qu'une aimable confusion, qu'un désordre amusant. Il retraçait parfaitement dans mille tableaux variés, ces bacchanales fameuses qui faisaient les délices de ces romaines si fières d'être les épouses du peuple roi.

Après la walse, Ernestine voulut rejoindre la princesse ou la baronne, mais tout était confondu à un tel point, qu'elle vit bien que cette réunion était pour le moment impossible.

Le talapoin, voyant son embarras, offrit poliment à la jeune laitière de lui tenir compagnie, jusqu'à ce qu'elle put retrouver quelqu'un de ses amis ou connaissances. Celle-ci qui n'avait qu'à se louer des procédés et des égards de son *partner* inconnu, accepta sa proposition, et après avoir

pris tous deux quelques rafraîchissemens sans se démasquer, le talapoin la conduisit à un *tête-à-tête* placé
dans un des angles les moins fré-
quentés du grand appartement du
milieu, qui, se trouvant préparé entre
les quatre parties du monde, repré-
sentait le ciel, et était particulièrement destiné à la cour.

L'inconnu et Ernestine se placè-
rent l'un à côté de l'autre sur le *tête-
à-tête*, et, après un instant de silence,
ils commencèrent la conversation suivante.

LE TALAPOIN.

Je crois avoir deviné juste, c'est
avec madame la comtesse d'Eisendorf
que j'ai eu l'honneur de danser....

LA LAITIÈRE.

Vous vous trompez, monsieur.....

LE TALAPOIN.

Les deux beaux yeux dont ce masque ne peut me dérober l'éclat, sont
bien faits effectivement pour tromper les hommes; mais ce n'est point
moi, solitaire sanctifié par la péni-
tence, qui me laisserai prendre à ces
amorces séduisantes.

LA LAITIÈRE.

Je ne sais pas si ce langage étrange
est un compliment ou une méchanceté.

LE TALAPOIN.

Jugez vous vous-même, jolie laitière....

LA LAITIÈRE, *en riant.*

Se confesse - t - on aussi dans le
royaume de Pégu ?

LE TALAPOIN, *d'un ton sévère.*

Dans le royaume de Pégu on punit

le parjure : écoutez une petite histoire orientale.

« Au sein de l'heureux Indoustan, sur les bords fleuris du Gange vivaient un jeune bramin et une jeune bramine; élevés ensemble, ils ne semblaient avoir qu'une seule âme pour sentir et pour aimer : leurs cœurs aussi purs que l'onde du fleuve à l'aurore d'un beau jour, se lièrent par un serment solemnel ; le jeune bramin partit ; à peine avait-il quitté les bords qui l'avaient vu naître, que la jeune Bramine l'oublia et donna sa main à un vieux et riche *nabab* , la perfide porta bientôt dans ses flancs le fruit de sa trahison. »

« Qu'entend-je ? s'écria la comtesse éclairée tout-à-coup sur son propre malheur. » En prononçant ces mots,

elle tomba évanouie. « C'est lui, s'é-
» cria un domino noir qui avait exa-
» miné et écouté tout à la fois..... »

Soudain un jannissaire qui accom-
pagnait le domino noir, tire son poignard et frappe le talapoin, tandis
qu'il cherchait à donner du secours
à Ernestine. Ce dernier se sent blessé.
Recule, chancelle, et au moment de
recevoir un second coup de poignard,
qui menace sa poitrine, il tire un pistolet et abbat à ses pieds son assassin.

A ce bruit la danse est abandonnée,
on s'empresse, on accourt, on relève
Ernestine, elle retrouve sa tante, on
les conduit toutes deux mourantes à
l'hôtel ; mais le talapoin et le domino
noir ont disparu, et il ne reste entre
les mains des gardes du prince ac-

courus de toutes parts , que le jannissaire dont le masque arraché laisse
voir le cadavre d'un homme tout-à-
fait inconnu.

CHAPITRE

CHAPITRE XIX.

Réflexions allarmantes. — Nouvelles d'Adolphe.

ERNESTINE, le talapoin ou le domino noir pouvaient seuls donner quelques détails sur l'événement inconcevable qui avait troublé le bal de la cour. Malgré toutes les recherches, l'homme au domino, resta inconnu ; on ne put deviner quel était le moine du Pégu, et la jeune comtesse se garda bien de parler de sa conversation avec ce dernier ; on attribua donc cette aventure à une rixe ordinaire.

Le procès qui fut entamé par le maréchal de la cour, ne produisit au-

I.   9

cune autre lumière : le cadavre fut
examiné scrupuleusement, et il fut
bien prouvé que c'était celui d'un
homme ignoré, étranger non seulement à la cour de Wurtemberg, mais
même à l'Allemagne : la seule chose
qui parut piquer la curiosité, fut le
poignard trouvé dans la main du meur-
trier : on lisait sur la lame ces lettres
initiales S. D. C. A ; elles parurent
un énigme, et personne ne put deviner leur véritable signification.

Cette affaire, dont on avait beaucoup parlé, finit comme toutes les
autres, par s'assoupir : heureusement
le nom de la comtesse n'y fut point
mêlé particulièrement ; il lui fut donc
facile de se taire sur les allarmes qu'a-
vait fait naître l'étrange conversation
commencée avec son *partner*, et qui

avait été interrompue d'une manière
si tragique ; mais le voile qui jusqu'à ce moment avait couvert sa situation à ses propres yeux, était déchiré ,
elle en sentit toute l'horreur , et elle
s'attacha désormais à la dissimuler par
tous les moyens qu'elle put inventer.

Ernestine ne sortit point pendant
tout le Carême ; lorsqu'elle n'était pas
auprès du comte, elle restait seule, et
le sujet constant de ses méditations
était sa conversation avec le masque.
Il lui paraissait évident que l'histoire
qu'il avait entamée , était un repro-
che indirect qu'il lui adressait sur sa
conduite avec Adolphe.

Sans doute ses premières amours
avaient pû être soupçonnées par beaucoup de personnes qui fréquentaient
le château d'Eisendorf, ou la maison

de son père : on savait qu'Adolphe
était parti, et qu'aussitôt après son
départ elle avait accordé sa main au
comte ; on devait ne voir dans cette
démarche que de la légèreté, et cette
union paraissait un mariage d'intérêt,
car personne ne pouvait soupçonner
la noble conduite de l'époux sexagé-
naire, et le secret de l'intérieur de son
singulier ménage. Le premier venu,
en la reconnaissant au bal, avait donc
pu chercher à l'intriguer en lui rappelant les sentimens connus de sa jeunesse ; mais pourquoi ce mot du domino noir ? *c'est lui*... Pourquoi à ce
mot unique, et sans autre explication, l'assassin déguisé en jannissaire s'était-il précipité comme un tigre sur l'inconnu ? comment le premier et le dernier n'avaient-ils pas été

découverts ?....S'ils eussent été gens de cour, ou simplement habitans du duché, il eut été facile de retrouver leurs traces avant ou après leurs déguisemens, et la police avait fait infructueusement à cet effet les recherches les plus strictes.

La pauvre Ernestine se perdait dans ses réflexions sur ce sujet mystérieux... Et lorsqu'elle tournait les yeux sur sa position allarmante elle frémissait intérieurement, en songeant que le malheur affreux qui lui était arrivé, et l'attentat du monstre, qu'elle croyait avoir vu expirant, l'avait réduite à l'affreuse alternative, ou de tromper tout ce qu'elle avait de plus cher au monde, en supposant qu'elle pût y parvenir jusqu'au moment critique, ou de perdre à-la-fois l'amour de son père, l'estime

de son généreux époux, l'espoir d'être
un jour à Adolphe, et le repos de toute
sa vie.

Dans cette situation inouie, l'infortunée ne voyait que la mort, la mort
seule qui lui présentât le fil bienfaisant,
à l'aide du quel on pouvait sortir de cet
affreux labyrinthe d'incertitude et de
honte : souvent elle semblait décidée à
le saisir; mais lorsqu'elle sentait s'agiter
en elle-même le fruit d'un amour monstrueux, elle se rappelait qu'elle allait
être mère, que si elle osait, dans l'ex-
cès de son malheur, s'affranchir des
maux plus grands qui la menaçaient,
elle ne pouvait, sans un crime affreux,
se dispenser de faire le présent fatal
de la vie à l'être innocent qui respirait
dans son sein; toutes ses résolutions
l'abandonnaient, et forte de sa cons-

cience, elle se préparait avec résignation à boire le calice d'amertume
jusqu'à la lie, sans oser en adoucir
l'horreur future par une confidence
qui aurait sans doute soulagé son
cœur, mais pour laquelle aucun être
ne semblait préparé autour d'elle.

Le vieux comte lui inspirait seul
assez de confiance pour mériter cet
aveu ; mais comment s'excuser auprès
de lui d'avoir tû jusqu'à ce jour le for-
fait dont elle était la victime ? Son
silence ne ferait-il point croire qu'elle
en avait été complice ? n'était-ce pas
porter le coup de la mort à ce bienfaiteur respectable, en détruisant d'un
mot l'effet de son généreux dévouement et de ses espérances pour le
bonheur de ses deux enfans d'adoption ?

Ernestine préféra se taire encore, et gagner du temps.

Le retour prochain du beau mois de mai allait bientôt ramener le printemps, la verdure, les fleurs et la santé; déjà la violette timide, trahie par son doux parfum, était recueillie par une main galante pour parer le sein de la beauté; l'hyacinte précoce à la fleur double et suave, ou l'odorante jonquille au calice d'or, paraient de leurs dons l'intérieur des boudoirs de nos belles *Wurtembergeoises*.

Madame la baronne de Burbach avait une jolie campagne au-delà d'Inspruck, dans le Tyrol, non loin du pays Trentin.

Elle pensa avec raison que l'air balsamique des montagnes pourrait puissamment coopérer au rétablissement de la santé de son frère, et au retour de la gaîté de leur Ernestine, qui, chaque jour, devenait plus mélancolique.

Le pasteur Gutman, qui se trouvait alors en ville, approuva ce projet, en remarquant que le séjour à Burbach (c'était le nom du château de madame la baronne) serait d'autant plus favorable à sa fille, qu'il écarterait davantage ses souvenirs de toutes les scènes de son enfance, que le village d'Eisendorf lui retraçait sans cesse; souvenirs qui, suivant son opinion, étaient l'unique cause de la tristesse de l'amante d'Adolphe.

Le projet fut donc généralement approuvé, et il fut résolu que le premier mai, sans différer, le pasteur quitterait ses amis pour retourner à son

9 *

presbitère, et que ceux-ci prendraient
la route d'Inspruck, pour jouir, dans
ce voyage, de la saison la plus brillante
de l'année.

Ce fut sur ces entrefaites que le
ministre Gutman reçut une lettre d'A-
dolphe, dont on n'avait pas entendu
parler depuis si long-temps ; elle était
datée d'Angleterre, et conçue en ces
termes :

« Cher, bon et respectable père,

« Quand vous recevrez cet écrit,
» j'aurai mis entre mes ennemis et moi
» la vaste étendue de l'Océan.

» Vous aurez sans doute appris par
» le capitaine du Poisson-volant l'a-
» venture étrange qui m'est arrivée
» sur le rivage d'Hambourg, en vue de
» son vaisseau, qui a cherché en vain à
» me porter secours.

» Les inconnus qui persécutent vo-
» tre fils d'adoption avaient réussi à
» m'enlever ; je suis resté long-temps
» leur prisonnier. Il est inutile de
» vous donner les détails de ce que
» j'ai souffert ; en acceptant, de l'hu-
» manité et de la pitié d'un satellite de
» mes persécuteurs, le bienfait de la
» liberté, je me suis engagé, par un
» serment inviolable, à ne révéler à
» qui que ce soit les circonstances
» et le lieu de mon emprisonnement.

» Je suis passé en Angleterre avec
» mon libérateur, qui est devenu mon
» ami ; nous venons d'y arriver, et
» nous en repartons à l'instant pour
» l'Amérique.

» Fils sans parens, étranger au
» monde, et persécuté par lui, c'est au
» milieu des déserts, loin des hommes

» méchans et trompeurs que je vais
» chercher le repos.

» La main puissante et invisible qui
» poursuit mes jours aurait envain
» cherché à les troubler, j'aurais gardé
» l'espérance au sein de l'infortune, si
» une jeune fille sans foi, et un vieil-
» lard que je ne puis m'empêcher de
» respecter malgré sa perfidie, ne
» s'étaient empressés de briser tous
» les ressorts qui me rendaient chère
» une existence sans cesse menacée.
» Oui, mon père, la nouvelle de cet
» hymen a retentie à mes oreilles éton-
» nées; elle a comblé mes infortunes;
» elle a détruit cette illusion si chère,
» ce dernier lien qui m'attachait à la
» vie. Mais vous, homme vénérable,
» comment avez-vous pu bénir un
» mariage qui était l'arrêt de mort de

» votre fils ? n'aviez-vous donc con-
» servé la vie à Adolphe que pour la
» lui arracher ensuite avec plus de
» barbarie ? Je m'égare ! Pardonnez,
» mon respectable père ; vous n'êtes
» point coupable, vous m'aimez tou-
» jours ; oui, dites, dites que vous ché-
» rissez toujours votre Adolphe. L'idée
» de faire le bonheur de votre fille,
» en lui assurant un nom et de la
» fortune, vous a séduit. Ah ! puis-
» siez-vous ne pas vous être trompé
» dans votre espoir ! puisse cette sœur
» que j'aime toujours, malgré le mal
» qu'elle a fait à son frère, n'avoir
» pas troqué ses sermens contre des
» regrets ! Que le ciel bénisse cette
» union, quoiqu'elle me condamne à
» un exil éternel, et que la main de
» l'époux d'Ernestine éloigne du sein

» de cette femme trop chérie, le
» serpent du remords qui déchire-
» rait son cœur , comme le serpent
» de la jalousie déchire impitoyable-
» ment celui de votre malheureux fils
» adoptif.

» Dans ce dernier écrit, recevez,
» mon père, le dernier adieu de l'in-
» fortuné Adolphe, qui ne vous fa-
» tiguera plus jamais par ses plaintes
» importunes. »

Cette lettre, dont l'arrivée avait
causé la plus grande joie à la famille,
fut malheureusement ouverte et lue
par le pasteur en présence d'Ernestine.

A cette lecture, l'infortunée devint
froide et tremblante ; à peine lui fut-il
possible d'en écouter la fin. Elle tomba

évanouie; une fièvre ardente pensa, en peu de jours, la conduire au tombeau : un délire continuel causa les plus vives allarmes; et elle était encore dans l'état le plus déplorable, lorsque son père trouva, dans ce nouveau malheur, une raison de plus pour hâter le départ, et se rendre à Burbach. La simplicité des mœurs des montagnards, l'air pur et embaumé de la saison printannière, la présence de nouveaux objets, pourraient, suivant le calcul du pasteur, rappeler doucement l'intéressante malade au sentiment de l'existence et à la raison.

Bon pasteur, hélas! la raison, ce présent du ciel, ne devient-il pas quelquefois un poison funeste! et lorsqu'elle amène l'oubli de nos maux,

son absence n'est-elle pas un bienfait ?

En attendant le rétablissement dé-
siré d'Ernestine , le vieux comte et
Gutman , au désespoir , écrivirent en
Angleterre et dans tous les ports des
Antilles et de l'Amérique ; ils détrom-
paient Adolphe, et lui apprenaient le
vertueux stratagême , dicté par l'amitié , pour lui conserver son amante ,
qu'il croyait infidèle , et assurer un
jour la fortune et le bonheur de leurs
enfans chéris , lorsque le temps et les
soins de leurs protecteurs auraient
détourné la tempête qui les mena-
çait l'un et l'autre ; mais toutes ces
lettres demeurèrent sans réponse.

———

CHAPITRE XX.

Tonnerre de Dieu.

Qu'il est heureux, celui qui peut,
» loin des villes bruyantes, retiré dans
» une paisible campagne, étudier dans
» le silence des bois les leçons de la phi-
» losophie, et ne plus courber sa tête
» sous le joug des préjugés !... Exempt
» d'ambition, il dédaigne les vains
» hochets de l'orgueil; il ne voit dans la
» gloire du conquérant que les larmes
» des peuples ; dans les lauriers du sol-
» dat, que le sang qui les arrose ; dans
» les plaisirs du grand monde, que l'en-
» nui qu'ils engendrent ; dans les dons
» de la fortune, que la facilité d'en
» abuser ; dans les cordons des grands,

» que les chaînes de l'esclavage; et
» dans la faveur du prince, qu'une
» bulle de savon que le souffle le plus
» léger va détruire.

 » Il cultive la terre qui le nourrit,
» partage les dons de la fortune avec
» ses frères, fait servir son instruction
» à rendre meilleurs ses semblables,
» tolère toutes les opinions, et n'est
» esclave d'aucune, fait le bien quand
» il le peut, et pardonne toujours le
» mal ; emploie la force de sa raison
» pour ramener l'homme égaré, et ne
» le persécute jamais; enfin, après
» avoir vécu sans croire aveuglément,
» ni douter avec légèreté, affranchi
» de craintes ou de remords, il s'endort
» plutôt qu'il ne meurt, et descend
» dans l'éternité avec la conviction
» intime que l'être essentiellement bon,

» qui balance les mondes dans ses
» mains toutes puissantes, ne saurait
» marquer du sceau de la réprobation,
» et vouer, à un malheur sans fin, ce-
» lui qui ne fut jamais ni méchant, ni
» oppresseur. »

Ainsi parlait le comte d'Eisendorf,
assis sur une des montagnes les plus
élevées du Tyrol, tandis que se déployait à ses pieds la pompe brillante
et animée que présente à nos yeux la
nature embellie par l'industrie humaine.

Plus loin, Ernestine, suivie de la
baronne de Burbach, cueillait à plei-
nes mains, tantôt la marguerite qui
émaille les côteaux de ses couleurs
variées, tantôt le coquelicot uniforme,
dont le panache de pourpre se balance

au-dessus de la verdure des moissons naissantes.

L'infortunée mariait ces fleurs champêtres pour en tresser des guir-landes, dont elle décorait un autel de gazon , que , de ses propres mains , elle venait d'élever dans le parc de Burbach : elle avait consacré ce petit monument à l'*Absence*.

Ainsi ce mot qui avait causé son malheur, semblait l'adoucir par un certain charme inconnu , ou plutôt, sa raison, toujours égarée, ne lui per-mettait pas de sentir tout ce qu'il avait de déchirant.

Sa tête était devenue beaucoup plus calme ; et par une singularité assez remarquable , il ne lui échappait rien dans ses accès qui pût trahir le secret de son cœur, ou sa position, de jour en jour plus critique, qu'il eût été difficile de cacher à des yeux moins prévenus que ceux de son époux et de sa tante.

Son genre de délire était doux ; elle se figurait être une simple bergère, elle avait perdu son agneau chéri qu'un loup cruel poursuivait, mais un dieu lui avait prédit que cet agneau échapperait à toutes les embûches du loup, et retournerait un jour auprès de sa maîtresse.

L'infortunée avait élevé l'autel à l'*Absence*, et l'ornait de fleurs pour prouver à l'objet de ses affections, quand il reviendrait, qu'elle n'avait pas cessé de penser à lui.

Dans cet état, qui n'avait rien de

rebutant, un seul cri suffisait pour lui faire imaginer que le loup allait saisir et dévorer sa proie ; dans ce cas, rien ne pouvait l'arrêter, elle s'élançait dans les jardins, parcourait le parc, les bois, les montagnes, et, après les plus grandes fatigues, revenait constamment au château : un ruisseau de larmes terminait cet accès.

D'abord on avait voulu la retenir, elle devenait furieuse, et son mal s'aggravait de plus en plus ; en l'abandonnant dans sa course, on avait remarqué qu'elle ne courait aucun danger ; elle évitait avec le plus grand soin les précipices, les torrens et tous les endroits périlleux. On savait encore qu'elle revenait toujours plus calme, et les larmes qui suivaient son

infructueuse recherche soulageaient
beaucoup son pauvre cœur, en ne lui
laissant qu'un sentiment doux quoique
pénible.

Tel était l'état d'Ernestine. Son
époux avait voulu que sa guérison fût
abandonnée à la jeunesse et à la
nature; ce sont deux médecins puissans
à la vérité, et le sage régime indiqué
par le comte semblait promettre un
succès complet.

On attendait le ministre Gutman
à Burbach. On était alors dans les
premiers jours de juin; et on comptait beaucoup, pour le rétablissement
de la fille du pasteur, sur la présence
de son père bien-aimé, qu'elle n'a-
vait pas vu depuis plus d'un mois.

En attendant son arrivée, la baronne

s'occupait de faire enclore de murs son vaste parc, tant pour borner les courses de l'intéressante malade, que parce qu'on débitait, sans en avoir encore des preuves bien certaines, qu'une bande de brigands, échappés de la Forêt-Noire, étaient venus établir leur nouveau domicile dans l'une des montagnes du Tyrol, du côté du pays Trentin. Cette précaution était sage, quoique le danger parut éloigné ; et la famille en acquit bientôt la triste certitude.

Une nuit !... Nuit d'horreur et d'éternel regret pour l'époux et la tante d'Ernestine !... Le comte et la baronne sont réveillés en sursaut par un bruit inaccoutumé ; ils entendent des cris aigus, mêlés de juremens épouventables ; ils se lèvent à

la

la hâte, et courent à l'appartement
d'Ernestine : elle avait disparu ; le
feu qui dévorait son pavillon péné-
trait déjà dans sa chambre, et des
brigands pillaient cette partie du château.

Le comte appelle, il rassemble ses
gens ; ils sont bientôt armés, le tocsin
sonne ; les braves et adroits Tyroliens,
habitans du village de Burbach, se
rassemblent, et bientôt le feu est
éteint ; les brigands sont en fuite
sans avoir pu achever le pillage mé-
dité ; mais Ernestine ne reparaît plus ;
on s'empresse, ou court, on cherche
de toutes parts. Aucunes traces de sa
fuite. Tous les gens du comte et de la baronne avaient l'attachement le plus tendre pour ces deux bons maîtres et pour
leur jeune maîtresse ; ils se divisent,

I.   10

lés uns montent à cheval, d'autres parcourent à pied les défilés des montagnes.

Dans cette nuit affreuse, le ciel semblait être le complice de la méchanceté des hommes pour accabler la vertu, et faire triompher le crime. L'horizon offrait une obscurité effrayante; des nuages noirs s'agglomeraient au sommet des monts, et le tonnerre grondait déjà dans le lointain.

Le comte et la baronne, anéantis du coup affreux qui les a frappés, se voyent contraints de chercher un abri dans le château.

Pendant cette scène terrible qu'était devenu notre Ernestine? Nous allons le savoir.

Il a été prouvé plus tard que le feu

avait pris au pavillon par accident ;
ce feu même avait éclairé la marche
des brigands, en réveillant les nombreux domestiques du château, et
donnant l'allerte aux habitans du
village ; ce premier malheur en avait
évité un second, et avait sauvé les
propriétés de madame la baronne
d'un pillage complet, peut-être même
des horreurs du meurtre et de l'assassi-
nat.

La comtesse qui se trouvait placé
très-près du foyer de l'incendie, avait
été une des premières à s'en apercevoir ; réveillée dans son premier sommeil au milieu d'un rêve pénible, sa
tête s'était exaltée plus que jamais par
l'aspect d'un danger réel, et toujours
frappée de la perte de son agneau et
de la poursuite du loup ravissant,

elle avait poussé les premiers cris qui avaient éveillé le comte et la baronne, ensuite elle s'était enfui à travers champs avec la rapidité de la biche poursuivie par un ardent chasseur.

En sortant du château, elle avait aperçu un des brigands placé en sentinelle, dont la vue avait redoublé son effroi ; un peu plus loin, un cheval appartenant sans doute à l'un des chefs, était attaché à un arbre ; elle s'était élancée sur le coursier, et dans sa terreur panique augmentée, par l'orage qui approchait, et mettait le ciel en feu, se croyant toujours poursuivie, elle avait fui avec toute la vîtesse de l'animal qu'elle montait, jusques dans une forêt épaisse où son cheval étant tombé de lassitude, la

malheureuse était restée évanouie et
mourante au pied d'un arbre.

Dans ce moment critique, l'orage
éclatait avec la plus grande violence;
un vent impétueux ébranlait jusques
dans leurs profondes racines les chênes les plus élevés; des grêlons pe-
sans brisaient les branches des arbres
qui jonchaient la terre de leurs dé-
bris; la foudre déchirait la nue et dessinait des routes de feu au milieu d'un
ciel blafard; les échos multipliés des
forêts et des vallons prolongeaient les
longs éclats du tonnerre d'une manière
effrayante; les habitans des airs empor-
tés par les vents ou frappés de la grêle
tombaient mourans dans les guérêts;
les animaux féroces rugissaient au fond
de leurs tannières, et ceux qui sont
les amis de l'homme se pressaient au-

10 *

tour de ses habitations, en lui demandant du secours par leurs cris plaintifs
et déchirans.

C'est au milieu de ce désordre de
la nature qu'on vit s'avancer dans la
forêt, vers l'endroit où Ernestine était
couchée, sans aucun sentiment de son
existence, deux troupes d'hommes
dont les figures atroces, aperçues à
la lueur de fréquens éclairs, semblaient défier, et la foudre, et le bras
tout puissant qui la dirige.

A leur tête étaient deux brigands
plus farouches encore que les autres,
qui, la rage dans les yeux, le blas-
phême dans la bouche, se menaçaient
de leurs sabres étincellans.

« C'est ici qu'il faut qu'un de nous
» périsse, dit le premier. — Oui, répond le second, » puisque notre ca-

» pitaine a été tué à l'attaque de ce
» maudit château, l'un de nous doit
» lui succéder et l'autre rendre son
» âme à tous les diables, la première
» place est trop étroite pour deux. —
» Voilà qui est dit: sous ce grand chêne,
» ici près, l'endroit est commode, le
» temps superbe pour s'égorger. . . .
» Mort ou triomphe. »

Il parlait encore ; la forêt semble
être en feu ; un coup de tonnerre
épouventable ébranle la terre, la
foudre sillonne les airs, éclate, tombe
et brise le grand chêne qui, de ses
vieux rameaux, abritait la malheureuse Ernestine ; elle jette un cri terrible, les brigands s'arrêtent et re-
gardent le ciel avec fureur...la frayeur
vient de hâter l'instant fixé par la
nature, Ernestine est mère.

Un vagissement se fait entendre, l'enfant s'agite faiblement sur l'herbe, et dans cet étrange accouchement, la mère paraît avoir perdu la vie en la donnant à cet être dont l'arrivée dans le monde est marqué par de si horribles circonstances.

A ce tableau inattendu, éclairé par le feu des éclairs, les brigands restent stupéfaits. «Ma foi, dit le premier, » si jamais le ciel s'est mêlé de » nos affaires, c'est bien en ce mo- » ment pardieu ! — Sacrebleu, dit le » second, c'est un petit garçon bien » vigoureux, si celui-là vit, il fera du » bruit dans le monde. — Camarade, » comme je disais, c'est le ciel qui » nous l'envoie. — Que veux-tu dire » avec ton ciel ? — Nous allions nous » écharper pour savoir qui de nous

» deux serait le capitaine de ces bra-
» ves ; peut-être que nos amis eux-
» mêmes auraient pris parti dans la
» querelle, c'était du sang précieux
» versé inutilement que nous pour-
» rons mieux employer. — Je ne com-
» prends pas comment ? — Par le
» grand diable ! écoute moi. — Allons,
» soit. — Nous étions lieutenans,
» notre capitaine est occis , voilà qui
» est à merveille ; il s'agissait de sa-
» voir qui de nous deux aurait sa
» place, nous étions prêts à nous cou·
» per la gorge pour cela , c'est au
» mieux.... à présent tout peut s'ar-
» ranger sans coup-férir : emportons
» cet enfant qui vient de naître, qu'il
» soit proclamé capitaine, et restons
» lieutenans et amis. — Bravi ! s'é-
cria toute la troupe. — » Vous le

» voulez, dit le second interlocuteur,
» tope; touche-là, camarade, nous
» sommes amis jusqu'à la majorité du
» petit drôle. — Et moi je suis son
» parrain, s'écrie Bither, le plaisant
» de la troupe, et je propose, puis-
» qu'il doit sa naissance à un coup de
» foudre, de le nommer *Tonnerre de*
» *Dieu.* » Un éclat de rire général
sert d'approbation.

A ce discours, le cri de vive *Ton-*
nerre de Dieu notre capitaine, fait
retentir la forêt et les monts d'alen-
tour; on abandonne la mère qu'on
croit morte, on enlève le petit capitaine sur un pavois, formé de branches d'arbres et couvert d'une peau
de tigre qui servait de manteau à l'un
des lieutenans, enfin tout le cortège

prend , en chantant une chanson gri-
voise , le chemin de là caverne , qui
sert de retraite à cette bande infernale.

Fin du Tome Premier.

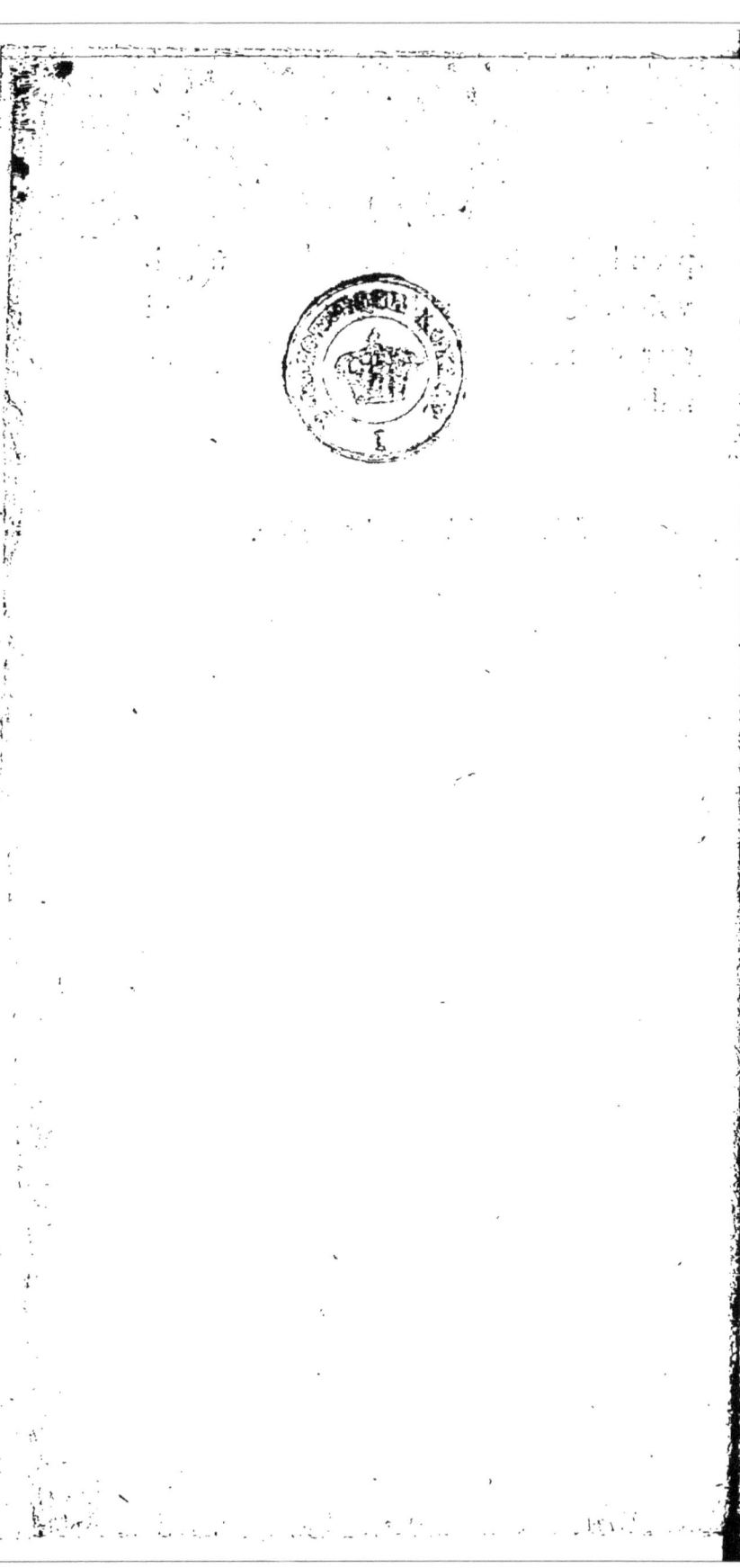

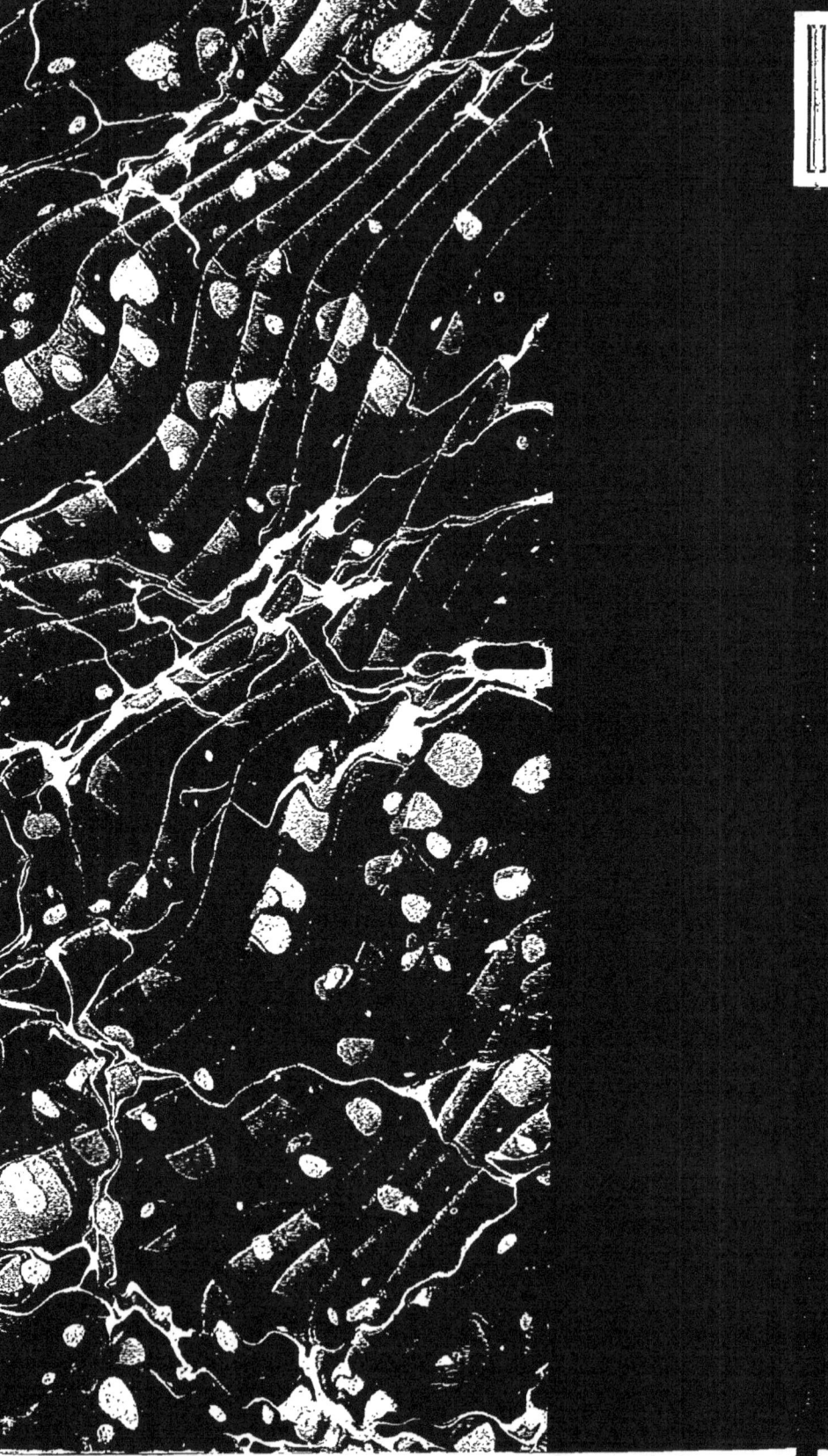

www.ingramcontent.com/pod-product-compliance
Lightning Source LLC
Chambersburg PA
CBHW061442030726
47503CB00005B/1532